世上神不多

カミサマは　そういない

深綠野分
Nowaki Fukamidori

劉姿君／譯

目次

伊藤不見了。

カミサマはそういない

褲子後口袋忽然震動，山上信太將手上的一盒胃藥放回商品架上。

「誰啊。」

捏住通知來電的手機，從口袋裡抽出來。但，卻不得不吞下已經來到嘴邊的「我現在在買東西，晚點再打」這句話。來電顯示的畫面上顯示的名字是「伊藤老家」。拇指在綠色的接聽鍵與紅色的拒絕鍵間，不知所措地游移。

結果拇指碰了接聽鍵，立刻傳來一個中年男子的聲音。

「請問是山上信太同學嗎？」

「是，我是。」

「不好意思，突然打電話給你。我是恭介的爸爸。上次聯絡是五、六年前了吧。」

信太本來還在播放著流行歌曲的藥妝店內四處看，結果視線和櫃檯前的店員對上，便匆匆走出店門。一直要下不下的陰天下起了雨，信太停在店門口的遮陽篷底下，繼續通話。

「是這樣的，恭介還沒回來。照預定應該昨天傍晚就到了，現在手機也找不到人。我想說你跟他住一起，會不會知道些什麼。」

信太放棄買胃藥，從傘架裡偷了一把別人的塑膠傘，打起傘離開了藥妝店。舔舔乾澀的嘴唇，邊思索著要怎麼回答邊答道：

「伊藤……恭介他昨天早上就出發了。」

「是嗎？謝謝。為了周全起見，我也會問問另一位同學，是堤同學對吧？能不能告訴我他的號碼？」

雨滴頻密地打在塑膠傘上，發出刺耳的聲音。說了堤的電話號碼、掛了電話後，信太乾脆關掉手機電源，把手機塞進連帽衫的口袋。埋頭快步走，連水窪都不閃避，從運動鞋到襪子都濕透了。右手按住胃的位置，刻意的咂嘴聲空虛地響起。信太的臉色灰暗得像拷貝了陰雨的天色。

從站前走了約十五分鐘，在民宅林立的轉角轉彎。走進空心磚圍牆處處龜裂、開始崩塌的一幢附帶小院子的老平房，開了鎖。一踏進玄關，菸味腳臭味霉味交織的空氣便立刻包圍全身，但聞慣了的信太不以為意。倒是在看到落塵區有一雙藍色運動鞋、聽到客廳傳來電玩的射擊聲和背景音樂時，皺起了眉頭。

脫掉濕鞋濕襪，悄悄走過走廊，但屋齡五十年的木頭地板受壓慘叫個不停，完全失去躡手躡腳的意義。結果，沒等他走過客廳，玻璃門便在沉沉的喀嗒聲響中打開，一個臉型瘦長的戴眼鏡青年探頭出來。

「喔，你回來啦。幹嘛那樣走路？拉肚子喔？」

「堤，你怎麼會在？你今天不是有打工嗎？」

這個被稱為堤的青年推推眼鏡，說「我感冒了，請人代班」，又回了客廳。信太暗自嘆了一口氣，到盡頭的浴室洗了手和濕掉的腳。順便拿毛巾擦了頭髮，鏡子裡照出了一張還殘留幾許稚氣的年輕面孔。

進了客廳，信太從靠牆的廚房的冰箱裡拿出紙盒裝的烏龍茶，倒進玻璃杯，朝堤正在玩的電玩看。與內外皆舊的這幢房子完全不搭調的嶄新大型數位電視機上，出現了在異國沙漠中展開的戰鬥場面。CG繪製的沙丘後方，從客廳窗戶望見的現實世界的後院，被雨打濕成濃濃深綠。

「這是今天發售的遊戲吧？你又蹺班了吼。」

「我昨天在偷跑的店買的。蹺一下又怎樣，你自己昨天還不是過得很爽。跟女人吃飯吃到早上才回來。」

戴著頭盔的士兵從半塌的建築物死角跳出來。畫面中央的槍立刻噴火，士兵胸口噴血倒下。堤低低喊了聲「讚啦」。

「喂，堤，伊藤他爸有沒有打電話給你？」

「蛤啊？啊，該不會就是剛才那通吧。我不認得那個號碼，所以沒接。」

「是我跟他說你的電話的。」

「真假?要是詐騙怎辦。」

信太懶懶地很快答道：

「是他老爸啦。我們剛開始一起住的時候，因為搬家的事我跟伊藤他爸通過話。」

「……是喔。」

堤的視線沒有離開電視，身體跟著雙手握著的控制器一起或左或右倒，閃避交錯四射的砲彈。

「他好像還沒到家。昨天是你開車送他到車站的吧？」

「對啊，早上伊藤租來的車，信太你也看到了吧。我開車裝了兩個大得誇張的行李箱和重得要命的背包，載他到東京車站。然後還了車，我就去小鋼珠店了。再來我就不知道了。」

「你有看他進收票閘嗎？」

「有啊。反正他一定是不想繼承家裡，先晃去別的地方而已啦。」

然後堤發牢騷：「好險！差點就被打中了。」

信太嘆了一口氣，喝了一口杯子裡的烏龍茶。但把剩下的倒進水槽，仔細看了一下冰箱裡的烏龍茶紙盒。賞味期限是三天前。他摔了冰箱門，把紙盒裡的液體也全倒進水槽。看了貼在廚房的採買輪值表，這週的欄位裡寫的是伊藤。信太撕下輪值表，撕碎丟掉。

信太背對電視機傳出的猛烈槍聲，出了客廳，走向自己的房間。說自己的房間，也不過就是以可動式的牆將六坪大的和室分割成三個空間的東西。從走廊看過去，中間是伊藤的房間，左邊是信太，右邊是堤。

打開伊藤房間的紙拉門，朝裡面看。二坪的和室空空如也——這是當然的，因為前天，信太也幫忙以大型垃圾處理了棉被、搬出了必要的行李。這裡已經不再是伊藤的房間。唯一剩下的，便是掛在牆上衣架上的那套西裝，說好由信太或堤其中一人接收。

信太先回到走廊，才回自己房間。被褥依舊攤在地上，橘色的T恤和灰色的連帽衫的袖子從半透明的聚丙烯衣櫥裡溢出來。成堆的漫畫上仍貼著連鎖二手書店的標籤。信太小心地移開漫畫，取出他藏起的廉價手提保險箱。

撥好數字鎖的數字，蓋子輕聲打開。裡面有信太的存摺、印章、兩年前交往過的女人家的鑰匙，以及銀行金融卡和信用卡各一張，再加上萬圓鈔五張、五千圓鈔一張、千圓鈔九張，合計六萬四千圓的現金。

金融卡和信用卡的持有人都是伊藤恭介。

現金也是從伊藤恭介的錢包抽出來的。

昨天早上，信太從離開他們同住的這間房子、準備搬回老家的伊藤的錢包裡，偷了金融卡和信用卡，以及全部的現金。本來還多了一萬三，但昨晚信太吃飯用掉了。伊藤坐上白色出租車離開時顯然沒發現，現在他手上應該一毛錢都沒有。

伊藤老家很遠，搭新幹線要三個鐘頭。信太沒動他的車票夾，那裡面應該有ＩＣ票卡，但也不知道卡裡還有多少餘額。反正，堤都送他到出發地東京車站了，信太也看到伊藤錢包裡有車票。從錢包裡抽出現金以後必須趕快放回包包，所以他沒有細看，不過應該是新幹線的車票沒錯。

看了半天卡片和紙鈔後，放回手提保險箱，撥亂數字鎖。後來他的胃就好痛。信太再次捂著胃，就這樣仰天倒在被窩裡。天花板上沒有電燈。房間本來就是用一間和室隔出來的，只有伊藤的房間有燈座，信太和堤的光源都是依靠檯燈。

「伊藤，去死！」

信太喃喃地說，不料聲音比他預期的大，便乾咳著環顧四周。客廳那邊依舊傳來電動聲，信太嘆了一口氣。

但下一秒鐘，紙門便猛然打開。對嘴裡含著汽水色冰棒站在那裡的堤，信太漲紅了臉，怒吼著粗暴地推倒漫畫遮住手提保險箱：

「都講過幾百遍了，叫你不要突然開門！」

「伊藤他爸又打電話來了。」

堤一副不為所動的樣子，毫不在意地說。

「他說在想要不要去報警。」

「……真假？」

信太一邊閃開雪崩式的漫畫堆，走過棉被，把堤遞出來的手機一把抓過來。

「喂，我是山上。」

於是通話口之後傳來一個疲憊的聲音。

「山上同學。剛才我也跟堤同學說了，再這樣聯絡不上，我想還是應該找警察。」

「呃，可是，那會不會太誇張了？」

「可是手機再怎麼打都好像沒開的樣子。我也打去公司那邊了，他們說他上個月月底離職，之後就不知道了。」

信太朝靠著牆聽對話的堤瞄了一眼。

「恭介有女朋友，也許是先去那裡了。」

「女朋友？那孩子交了女朋友啊，我都不知道。」

通話的另一端，伊藤的父親輕輕嘆了口氣。信太將堤的手機貼在耳邊，舔了舔乾澀的嘴唇。

「不然我來跟他女朋友聯絡看看好不好？」

「那真是太好了。麻煩再給我電話。」

信太瞪了顯示通話結束的畫面一眼，把手機扔回去給堤。堤沒接好，七手八腳扔沙包似地，但在幾下拋接之後，手機還是掉在地上。

「喂，你是不會好好給喔。會摔壞啦。」

撿起手機，確定液晶畫面沒破，堤便賊賊一笑。

「不過，信太真是個說謊專家。梨奈昨晚明明和你在一起不是嗎？怎麼樣？飯店的豪華晚餐如何？」

「消化不良。都是伊藤他爸，害我剛才沒買到胃藥。」

「誰叫一個平常三餐吃泡麵的突然跑去吃套餐？天譴啦。」

信太睜大了眼，緩緩朝堤回頭。

「……天譴？」

「難道不是嗎？你從死黨身邊搶走了可愛的梨奈。」

堤將整根冰棒放進嘴裡吸吮，所以汽水色的冰塊時隱時現。看著說風涼話的堤，信太僵硬的肩頭垮下來。

「想要送你。」

「我才不要有瑕疵的二手貨。而且她本來就不是我的菜。我喜歡更辣一點的。」

「我也對那種女的沒感覺了。不符期待。」

「真假？費了那麼大的力氣搶朋友的女朋友然後就這樣？沒人性欸你。」

說完堤嘲諷地笑了，吸吮冰棒的棍子，含在嘴裡動來動去。信太嘆著氣把堤推出房間。

再度獨處的信太打開手機的電源，確認伊藤有沒有聯絡。但是沒有，打電話過去果然打不通。打開社群網站的應用程式，點開與伊藤的聊天畫面，但這時候拇指的動作慢下來。打完「你現在在哪？」刪掉，打完「你爸很擔心」刪掉，打完「你金融卡那些在我這裡。抱歉。我只是想惡作劇一下。我寄還給你，跟我說你現在的地址」，還是刪掉。

最後還是沒有傳訊息給伊藤，信太仰躺在被窩上，反而是打開通訊紀錄打電話給梨奈。鈴響了將近十聲，梨奈才總算接了。

「幹嘛。找我有事？」

年輕女子的聲音厭煩而且帶刺。信太坐起來，把弄著大拇趾的趾甲，一邊小聲說話。

「伊藤好像沒有回家。」

「……所以？」

「還『所以』咧，好無情的女人啊。他有沒有跟妳聯絡？他應該昨天早上就從東京車站出發了。現在下落不明。」

通話口的另一端只傳來衣物摩擦的聲音和些微的呼吸聲。信太也摳著大拇趾趾縫的髒東西，但小小咂了咂嘴，開口要說話，卻被梨奈搶先一步。

「我不知道。我也不知道伊藤要回老家。我問他好好的工作為什麼才二年就要辭，他說他已經在外地的公司找到工作，要搬家。我以為你也知道，看來並沒有。」

對梨奈冷冷的發言，信太張大了嘴接不下去。

「山上同學。所以你對於你自己爽完趁我睡著的時候落跑這件事，沒有一點反省和歉意就是了。看你總是一副缺錢的樣子，還請我去飯店吃晚餐，這點我很感謝。不過我不是你的飛機杯。我還是不應該和伊藤分手的。就醬，不要再打電話來了。」

通話斷了，嘟嘟聲響起，但信太遲遲無法放下耳邊的手機。

慢吞吞地走出房間，看到走廊一角有一隻翻肚死掉的蟑螂。

沉重的玻璃門仍處於要開不開的狀態，信太用力推開，把身體擠進客廳。

堤又在電視機前坐鎮，繼續玩剛才那個遊戲。望著他黑黝黝的五分頭後腦，信太說：

「伊藤說要回老家，其實另外租了房子，這件事你有聽說嗎？」

但堤沒有回答，仍是和遊戲機的控制器一起左搖右擺。信太大步上前，叉腿站在電視和堤之間。

「喂，擋到……」

「好了你先聽我說。別打電動了。」

面對高高在上發狠的信太，堤讓步了。一按下暫停，屋裡便靜悄悄的，聽得到外面的雨聲。

「說啊，怎樣？」

「就是伊藤。他好像另外租了房子。你知道嗎？」

信太把剛從梨奈那裡聽到的告訴了皺起眉頭板起臉的堤，但這期間他的雙手又是互握又是鬆開的不停躁動。盤腿坐在地上的堤冷笑說「你冷靜一點啦」。

「被梨奈甩了也無感喔？信太好壞壞。」

「我現在沒心情跟你扯那些。」

「好好好。所以信太你現在是認為，伊藤搬去另一個地方，沒回家？」

「這是唯一的可能吧！」

「為什麼？他不是為了繼承家裡的溫泉旅館才辭掉工作的嗎？搞不好梨奈是騙你的。」

於是信太終於不再站著，一屁股坐在堤旁邊。

「新幹線的車票……」

「啊？車票怎樣？」

「……沒有，沒事。」

信太含糊帶過之後搔搔後腦，搔亂了染成淺棕色的頭髮。

「總之，梨奈有必要騙我嗎？」

「這個喔……就算不是騙你，也有可能聽錯啊。人家老爸就真的在家裡等啊。」

「你剛不是說嗎，『他搞不好不想繼承家裡』。你送伊藤到東京車站的時候，他看起來怎麼樣？」

堤偏著頭仰望天花板，露出思索的樣子，然後聳聳肩。

「沒怎麼樣。就保重，拜拜，沒了。」

「看起來呢？有沒有不尋常的樣子？」

「很普通啊。吼，現在是怎樣啦。那個開朗歡樂又清高、人見人愛的伊藤恭介，怎麼可能會惹上什麼麻煩。安啦！萬一梨奈沒聽錯，就算伊藤是搬到別的地方去了，他也不會有問題的。我們兩個跟他一起混最久的，還能不清楚嗎？」

背上被用力拍了一下，信太想反駁，卻閉上了嘴。

雨打在窗上，窗戶卡嗒卡嗒微微震動。看來除了下雨，也起風了。後院的山茶和杜鵑大幅搖晃，枝葉摩擦玻璃窗發出聲響。信太望著庭院，忽然，有個涼涼硬硬的東西觸上臉頰，轉頭便與把喝到一半的可樂罐推過來的堤對上眼。

「喝吧。比起伊藤不知道消失去哪裡，目前更需要解決的是我們要找新的室友。這裡的房租三人平分是一人三萬，兩個人的話就四萬五了。」

「你都只付兩萬好不好。明明水電費都是叫伊藤付的。」

「是喔，那又要再找一個盤子了。」

「誰叫你去買那麼大的電視。你也別再一直打工，去找工作啦。」

「這句話原封奉還。喔，不能用『我是研究生』當藉口哦。你明明就是不願意去上班才留在學校裡的。反正，伊藤的西裝信太就拿去穿啊。」

兩個人你一口我一口喝著不冰的可樂。甜甜的碳酸飲料讓口更渴，但兩人都還是繼續喝。

「我們在這裡也住了六年了喔。一開始是我們兩個在說要不要租這裡的嘛。現在真的很難想像那時候最沒錢的是伊藤。」

堤邊這麼說邊站起來，打開電扇的開關。藍色的扇葉低鳴著轉動，但只是捲起溫熱的空氣，房間並沒有變涼。

「是我們讓他加進來當室友的。對吧？」

「是啊。」

「就是我們想學之前租的僵屍電影，說『要就三個男的合租一棟房子』。才找了以前一個朋友都沒有的伊藤。那時候真的很中二。」

聽著堤的牢騷，信太喝完最後一口可樂，把罐子壓扁。

「……如果都照電影演的，等僵屍來襲一切就結束了。」

「怎樣，信太想死啊？」

「是沒有特別想死，不過也懶得活著。」

壓扁的可樂罐在地上維持了一陣子平衡，最後還是倒了，從開口潑出了幾滴琥珀色的液體。

「要是有僵屍從院子跑進來，把一切搗爛的話多好。」

「我才不要，我要活著。沒有黑膠唱片，我就拿電風扇砸死他們。」

打在窗上的只有雨滴，沒有行屍走肉的死者破窗而來。望著後院隨風搖曳的綠樹，信太發現那後面停著一輛白色的車。

「堤，你沒還車？會有超時費欸。」

「……噢。我想趕快回來打電動，而且反正車是伊藤租的。我本來是打算之後再打他手機，叫他轉進我戶頭的。」

看堤毫不愧疚，信太邊搔額頭邊嘖了一聲。

「那現在怎麼辦，又聯絡不上人。」

「我哪知啊，全都要怪伊藤搞失蹤。」

「不趕快還車付錢，金額會很可觀。去拿錢包來啦。」

「幹嘛要我付？伊藤回家以後就有工作，不回家也有工作，而且照梨奈說的，他另外租了房子而且又在那裡找到工作了不是嗎？不公平嘛！我早餐卻只能吃一個九十圓的紅豆麵包！」

堤突然激動地逼近，但信太不為所動，注意力全都集中在從堤的鼻梁上滑落的眼鏡。見信太沉默，堤大口猛喘著氣，縮回身體，推了下滑的眼鏡。

「讓他多付點錢也沒什麼。你也是這麼想的吧？」

「……好吧。超時費我付。你去還車。」

信太嘆著氣說完站起來，這回換堤眨眨眼，邪邪一笑。

「很大方嘛，是中了樂透嗎？昨天才剛吃過豪華晚餐的說。上次不是才靠夭戶頭裡只有一千？」

兩人互相對望，放在電視櫃上的時鐘秒針的滴答聲格外地響。信太先移開視線的那一刻，堤的手機響了。堤遲遲不去接。信太伸手要替他接，堤才總算接了。

「您好。哪裡哪裡，恭介還沒有跟您聯絡嗎？噢，是嗎。」

堤邊附和看不見的通話對象邊使眼色。信太沒有做任何反應，堤臉上卻露出笑意。

「其實，恭介好像另外租了房子。」

連信太都聽到通話另一端一個男聲大叫「你說什麼？」。堤雖然想繼續說，卻被對方接二連三搶話，無法好好解釋。信太從堤手上接過手機，換人說話。這段期間，伊藤的父親仍一連串的「為什麼」「到底跑到哪裡去了」「我可沒聽說」。

「請您別激動，我們也只是聽別人說的。而且頂多是『好像』，並不確定。」

「他有沒有留下什麼合約？就是租房子的合約。」

「沒有。」

「給我仔細找！」

突然被吼，信太的臉頓時漲紅，皺起眉頭。

「沒有什麼好找的，他已經搬走了，什麼東西都沒有。要找也無從找起。」

「你是我兒子的朋友吧？都要好到住在一起，他卻沒有告訴你們要去哪裡？還是說你們說謊糊弄我？要是我兒子沒回來，你們要負責！」

伊藤的父親又是一串連珠炮發，連插嘴的空檔都不給。默默聽了一陣，信太一把抓起滾在地上的髒抱枕，弓臂往牆上扔。無巧不巧，堆在牆邊的漫畫堆盛大地垮下，巨大的聲響似乎也傳到通話口的另一邊。伊藤的父親終於住嘴，信太深深吸了一口氣。

「您自己不也一樣，明明身為父親卻對兒子一無所知不是嗎？伊藤就是不想回家吧？所以才會連我們也瞞著去租房子不是嗎？他不見了，一定就是因為你。」

這樣放完話之後，信太按了結束鍵掛了電話。一抬起因煩躁而皺眉的臉，只見堤豎起雙手的大拇指。

「厲害，說得好啊！信太超帥的，我都要愛上你了！」

「煩欸。」

嘴上是這麼說，信太卻一臉得意。這回堤順利接到信太扔回來的手機。

「不過，伊藤他爸這麼氣是不是有點怪？才晚一天而已，有必要大呼小叫成那樣嗎？」

「說的也是。那種說法好像是知道兒子死也不會回來而抓狂了似的。」

信太抬手捂著脖子，邊揉邊走向廚房，站著就打開一直放在餐桌上沒收的筆記型電腦。餐桌上鋪的花朵圖案桌布處處污漬，搞得很髒，但那是堤的母親親手做的，想丟也不好意思丟。而堤從後面過來，探頭看電腦螢幕。

「你幹嘛？看伊藤有沒有留言？我看是不會有的。」

「不是的，我要查他家的溫泉旅館。一起住的時候，伊藤不是都絕口不提他家的事嗎？」

「哦，的確。我叫他免費招待，他都會把話岔開。」

信太瞇起眼看堤，堤卻專注地看電腦。架在餐桌上的手肘不斷碰到信太側腹，信太便連人帶筆電往右移。點開網路瀏覽器，在搜尋框裡輸入旅館名。

「欸，信太知道伊藤家是哪家旅館喔？」

「很久以前，剛開始一起住的時候。伊藤說『跟堤講，堤就會吵。』叫我別說。」

「那不就只有我被排擠嗎！也只有你知道他家的電話。我們難道不是朋友嗎？」

信太不理狠狠地瞪人的堤，捲動搜尋畫面，把連結一個個點開。打開三、四個分頁後，信太只能搖頭。

「網頁關閉了……喂，旅館關了。去年年底的時候。」

「什麼？不是重新改裝中之類的？」

信太查了旅遊資訊網，但沒有點頭。

「不是。就是關了。伊藤家的溫泉旅館已經倒了。」

信太按掉電源關了筆電，轉向堤。這時堤像是看到什麼異象般睜大了眼，一直往後退，不知何時與信太拉開了距離。

「怎麼了，一臉怪表情？」

信太訝異地問，堤才終於停下來。或許是燈泡老了亮度不足，堤顯得面有土色。眼鏡之後的眸子游移不定，沒有聚焦。

「他家的旅館倒了？你是說破產？」

「嗯，應該是吧。」

「那伊藤家裡之所以叫他回去，他之所以不願意回去，都是因為……」

信太代替欲言又止的堤接下去：

「八成是因為必須扛起父母的擔子吧。相反的他爸那邊，有生產力的兒子不回來就麻煩了。搞不好，平常伊藤的存款就有一些被家裡拿去，所以他沒回家，跑走了……？喂，堤？」

堤腳步不穩地回到電視機前，癱坐在地上，弓著背茫然地面向窗外。信太往堤面前一站，堤才總算抬起頭。但一看到他的表情，信太一驚，往後縮。

「你在笑什麼，好噁心。」

「咦？我在笑？是嗎，我剛在笑嗎？」

堤雙手按住臉頰用力揉搓皮膚。但看來還是壓抑不住嘴角上揚。

「不行，還是會笑出來。啊哈哈，因為太好笑了啊！」

「好笑嗎？伊藤家破產很好笑？」

「對啊，我一直以為他是我們三個裡面條件最好的。長得好看，又聰明，又有禮貌。很多人快畢業了都還找不到工作，伊藤卻在大三的時候就找到了耶？要是做不下去回家就有工作，分明是超爽的一路發嘛。結果，他家倒了，啊哈哈！」

堤終於倒在地上大笑。

「打電話來的是破產的老爸……呵呵呵。」

「喂，你鬧夠了喔。」

「鬧？我沒鬧啊。你不覺得很爽嗎？原來伊藤比我們不幸。我們還比他好一點。我爸和你爸又沒被裁員，只是一直唸要找工作很煩而已。伊藤比我們慘多了。」

終於笑完的堤推著下滑的眼鏡，站起來。然後在信太眼前打了一個有甜膩可樂味道的嗝。信太毫不客氣地皺眉往後退，堤也不介意。

「我說信太，我們贏了。我們沒有輸給伊藤，沒必要像隻敗犬哭哭啼啼忍氣吞聲。所以呢，錢就用力給他花下去吧！」

「……什麼？」

信太驚愕地要往後退，堤用力抓住他的右手手腕。

「錢啊，伊藤的錢。金融卡、信用卡和現金。是你偷的吧？」

「我才沒偷。」

信太用力甩右手想甩掉堤，但堤的握力很強，輕易甩不掉。

「用不著對我說謊。剛才你關保險箱的時候我都看到了，一清二楚。」

外面的風颳得更加強勁，不止玻璃窗，連木造房屋本身都唧唧響著晃動了。

「安啦，你只是有需要才借一下而已嘛？你要請梨奈吃飯，這是正當理由。」

堤對信太耳語，一副有人在旁邊、怕被聽到的樣子。信太也不管手腕被抓住，直接按在堤薄薄的胸膛上，順勢用力把堤的背按在牆上。這陣衝擊讓房子慘叫得更大聲。

「沒錯，確實是我偷的。可是我後悔了。那種事是不能做的。所以我從昨天就一直胃痛。」

「誰管你那麼多。會後悔就不要做啊！」

兩人互瞪了一陣，結果是信太鬆開，身體抽離。

「……我是想整整他。」

「整？伊藤？」

「對。我並沒有妨礙他的意思。因為我看他新幹線的票都買好了，應該回得了家才對。我只是想稍微為難他一下而已。想說反正他有手機，應該會半路上氣得打電話來。」

信太從口袋裡抽出自己的手機，查看通話和社群軟體的紀錄。但不見任何通知，便直接軟軟地往地上坐。

「我是喜歡梨奈沒錯。可是昨天，就算看到她光著身子，也一點性致都沒有。勉強做了一次，可是後來很想吐，就開溜了。」

「真假！真是有夠漏氣的！」

堤訕笑著在旁邊坐下來，探頭看低著頭的信太。信太不耐煩地用手掌推開堤那張油膩膩湊過來的臉。

「那時候我很討厭伊藤，想看他為難的樣子。」

用T恤的衣襬擦掉沾到汗水的手心，信太抱膝往旁邊的櫃子靠，繼續說下去：

「是我先喜歡上梨奈的。可是伊藤長得帥，又懂得討女孩子歡心。他應該知道我喜歡梨奈，卻把她搶走了。剛才我打電話給梨奈的時候，她也說還是應該選伊藤的。這也太不公平了。」

一口氣說完這些，在嘆息中沉默半晌。房間正中央的電風扇緩緩擺頭，繼續攪動室內的空氣。

「但是你說你後悔了？」

「對。已經夠了。我當初這麼做，並沒有想把事情鬧到出動警察。」

「警察喔。那，信太，接下來你打算怎麼做？」

「我要去還錢。向他道歉，請他原諒——如果他肯原諒的話。」

「你又不知道他人在哪裡？」

「找就是了。」

信太說得輕描淡寫，拿手機打了伊藤的電話。電話裡傳來的不是通話音，而是「您所撥的電話無法接聽」的語音。正想再打一次的時候，堤用力按住他的手。

「吶，你聽我說。你不覺得伊藤沒把租房子的事告訴我們，是因為他不想讓他爸知道嗎？也就是說，長久以來他根本就不相信我們。對他來說，我們根本連朋友都不是。」

「那又怎麼樣？難道你我有把伊藤當朋友嗎？」

「有！我當然有！」

堤唐突地把信太推開，勃然大怒。毫無警戒的信太因為勢頭太猛滾到廚房，一頭撞到堅硬的地板。信太痛得臉都歪了，卻只見堤逕自地往他面前一站。

「可是伊藤卻沒有。我就覺得奇怪，他不肯給我錢，又逃也似地要離開我。」

「……什麼意思？」

堤跨在倒地的信太身上，抓住他的胸口。

「你要找到伊藤還他錢？找得到你就找找看啊，不過，我保證你絕對找不到。」

「你又知道了？」

「我知道！我就是知道！我百分之兩百知道。你要伊藤原諒你，這種事就算死，也永遠辦不到。」

堤更加用力地抓住胸口，信太全身猛力反抗著掰開他的手。好不容易擺脫他站起來，但頂多也只能彎著腰喘氣。

另一邊，被信太甩開的堤卻仍任憑身體歪著，暫時望著空空的雙手。然後在信太拉好被扯開的領口時，抬起頭站好，筆直地面對他。

「我們是朋友吧？信太。」

但信太不敢答，往後退了一步。

雨勢越發猛烈，已經可以稱為暴風雨了。老房子的梁搖晃、擠壓得似乎隨時都會折斷，風吹破玻璃窗也是時間的問題。

「吶，堤。」

「我們是朋友吧，信太？我們兩個是朋友吧？」

「堤，你告訴我一件事。你是怎麼發現我偷了伊藤的信用卡和金融卡的？」

家裡某處有東西破了、倒了的聲響，但兩人渾不在意，彼此對視。堤雖然在笑，眼鏡後的眼珠卻游移不定。

「怎麼發現的，我剛才不是說了嗎？你關保險箱的時候看到的。」

「你不可能看得到。也許看得出是信用卡，可是那個距離要怎麼能看得出是伊藤的？不然你視力是有 5.0 嗎？」

信太的說法讓堤忍俊不住，哈哈大笑。但信太沒笑。他死盯著堤，等他回答。堤又是搞笑又是皺眉的，但後來明白信太什麼都不會再說，便垂下肩。

「……因為我看了伊藤的錢包。」

「錢包？難道你也想偷錢？」

「是啊。反正順便，而且昨天又是遊戲的發售日啊。所以他在車上的時候，我就從他褲子的口袋把錢包抽出來，結果裡面是空的。有機會下手的，就只有信太了啊。每天哭窮的你竟然要跟梨奈去飯店吃飯也很奇怪，所以我就猜到了。」

堤還要繼續說，但信太舉起一隻手打住他。他的指尖微微顫抖。

「堤……你是怎麼從伊藤長褲的口袋抽出錢包的？你剛才說的是『他在車上的時候』沒錯吧？」

上。

信太邊緩緩搖頭邊往後退。手碰到餐桌，成堆的雜誌因此而嘩啦啦跌落在地

「在車上的時候，應該是坐著的吧？錢包應該是在屁股那邊的口袋裡不是嗎？你是怎麼抽出來的？總不可能是伊藤拿給你的吧？」

在老燈泡的燈光下，堤的眼鏡反光，像昆蟲的眼睛般發亮，看不見眼睛。不斷後退的信太被椅子絆了腳，無法維持平衡一屁股跌倒。堤趁這個空檔大步縮短了距離。

「難不成那輛租來的車，你沒還該不會是因為……」

發抖的嘴唇好不容易說出話的那一瞬間，堤伸長了手，勒住信太的喉嚨。由於勢道很猛，信太的後腦撞上冰箱。

「安靜。別再說了。」

堤雖瘦，手卻很大，手心壓迫信太的喉嚨，信太像離了水的魚般喘息。顯然

比剛才胸口被抓住時痛苦得多，轉眼臉就漲紅發紫。

「沒錯，伊藤還在那輛車上。」

堤得意地笑了，手上的力道稍稍減弱。信太猛咳嗽，努力想吸氣，但堤依然沒有鬆手。

「梨奈說的沒錯，伊藤是打算搬到別的地方去。因為，他要搭車的發車時間，根本沒有開到他家那邊的新幹線。你說他傻不傻，只差一點點就能瞞過去了，卻因為催我露出馬腳。他一定沒想到，我也是有下載轉乘App的。我逼問他要去哪裡，最後他就全說了。」

堤掐著信太的喉嚨淡淡告白，信太多少次去抓他的手，抓得都滲血了。信太努力吸著幾絲空氣，凝視反射燈泡燈光的眼鏡，試圖看清那之後的眼睛。

「不過還好那個笨女人跟你說了。伊藤他爸應該信了，我想他作夢也沒想到，別說到車站了，他兒子根本連車都還沒下。」

看信太的嘴一張一合的，堤訝異地皺起眉頭，滲血的手放開信太的脖子。

「咦？你想說什麼？說來聽聽啊。」

終於吸到整口氧氣的信太大咳特咳，噴了一地痰。

「……為什麼？堤？你說你在車站放他下來，全都是你編的？」

「我編的啊，那還不簡單。你想知道我為什麼沒有讓伊藤在車站下車嗎？」

堤難為情似地笑了，搔搔剃得很短的後腦。

「你也覺得很不公平吧？他不止有梨奈，還擁有太多了。甚至還訓我咧。叫我去找工作，把遊戲賣掉，別亂花錢。又不是我爸，要他管！伊藤自己還不是把好好的工作辭掉！我連工作都找不到欸！」

堤越說越激動，口水四濺，噴到信太臉上。

「就算這樣，如果他是要回家，那我也覺得那就算了。老爸下令拒絕不了嘛。結果卻不是，一知道他什麼都不告訴我們就要去一個我們不知道的地方，我就沒辦法接受了。不過呢，如果他先跟我說他家破產了，我想我也會好好送他到車站的。可是仔細想想，他連這都沒跟我說欸？」

趁堤說得忘我，信太慢慢動了右腳。悄無聲息地，緩緩豎起右膝，但堤沒注意到。

「伊藤是準備拋棄我們逃走。明明是我們救了他，他真正的朋友就只有我和信太兩個而已，卻不知不覺得意忘形。朋友比我們多了，錢也比我們多。我們都在這裡，他卻選擇去別的地方！」

沒等堤說完「我們明明是朋友」這句話，信太的右膝便踢上堤的左頰。正說得投入而疏於防範的堤往旁邊倒下，無法立即反應。信太趁機伸手扯了餐桌的桌布，筆電滑落，其中一角直接砸在堤的太陽穴。堤瞬間睜大了眼，然後閉上眼睛，頹然脫力。他的鼻孔流下了一行血，但信太正拚命站起來，沒發現。

信太也虛脫無力，但他趴著撐起四肢，扶著冰箱，慢慢起來。膝蓋狂打顫，抖得像剛開始學步的幼兒，但總算站起來了。然後扶著牆、櫃子，一路走向後院。

暴風雨還沒有過去。強風橫掃，後院樹木雜草猛烈搖擺，被吹折了只剩一層樹皮還連著樹的樹枝，好像隨時會隨風而去。不知從哪戶人家飛來的一片鐵皮波浪板緊貼在空心磚牆上。

租來的車還在那裡。白色轎車的輪胎卡了一截折斷的樹枝，無法動彈。信太打開落地窗的月牙鎖，一點一點打開窗戶。風雨立刻挾著悲鳴般的聲響吹進屋內，紙、垃圾、衛生紙團等四散紛飛。

驚人的風壓與雨勢讓人連睜眼都難，信太伸出手臂擋在面前，慢慢走下院子。或許是被吹走了，找不到涼鞋。他赤著腳，在濕土上前進。

黑色與灰色的雲在天空捲成漩渦，太陽偶爾從縫隙中露臉。在天候惡劣卻莫名明亮的天空下，白色轎車車窗反光，看不見內部。信太嚥下一口唾沫，伸手去開副駕的車門。沒上鎖，門一下就打開了。

一個熟悉的男子的手，立刻便從裡面無力滑落。膚色像蠟做的一樣蒼白。

或許不知車外風雨交加，停在他指尖的一隻蒼蠅飛起來，被風捲走了。

海風吹，吊艙搖

醒來時，我自己一個人在摩天輪的吊艙裡。窗戶射進來的陽光很刺眼，我瞇起眼往外看，碧綠的海靜靜拍著浪，閃閃發光。

我馬上就知道這裡是哪裡，因為這裡是我不知來玩過多少次的熟悉的遊樂園。一座蓋在海濱小鎮邊緣、老舊而冷清的，小小遊樂場。

摩天輪不知為何是靜止的，沒有在動。髒兮兮的吊艙懸在半空中，黏了不知多少客人的印子，座位發出汗臭，悶在裡面的空氣都是海水和含氯消毒水味。門好像沒上鎖，稍稍轉動門把就輕而易舉地打開了。

「喂——，有人嗎！幫幫忙！」

但回答我的，唯有海風與海浪聲。其他的吊艙和摩天輪的操控室裡都沒人。我讓門開著，往正下方看——距地面大概二公尺左右吧。這樣的高度，跳下去應該也不會怎樣。我一從窄窄的長椅上站起來，吊艙便搖得嚇人，但我還是把穿著運動鞋的腳用力一踩，嘿的一聲向外跳。著地的同時，比預期還強的震動竄過全身，我抱著腿蹲了好一陣子。我維持著這個姿勢，環顧四周。

手推車的把手上繫著一束粉紅色、檸檬黃等色彩繽紛的氣球，在淡藍色的天空下搖曳。但是，既沒有伸手要氣球的小孩，也沒有嚼著口香糖不耐煩地賣氣球的員工。看不到半個人影。雖然這裡總是門可羅雀，但工作人員不在，也不見以此為家的遊民。甚至連在長椅四周昂首闊步、向遊客討食的海鷗都消失了。擴音器也一聲不響，沒有播放八百年前的流行樂。耳中聽到的，頂多就是吊艙被風吹動的嘰軋聲，和雲霄飛車入口的旗子翻飛拍打的聲音而已。

腳漸漸不痛了，我試著站起來。於是發現支撐摩天輪的柱子那裡，卡著一個大大的、黑黑的東西。

是人。雖然整個燒得焦黑，但從縮起的頭和彎曲的手腳看得出是人。

我覺得我好像知道這具屍體是誰。但我想不起來。就像快打噴嚏的時候鼻子深處癢癢的那種感覺。明明打出來就爽快了，但就和那陣癢突然消失一樣，想到一半記憶的頭緒就整個從腦海中蒸發了。

去確認一下好了。我本來想靠近那具焦黑的屍體，卻又算了。都是因為燒成黑炭的頭的一部分剝落朝這邊飛過來。我一個轉身順勢邁開大步，決定不要管屍體了。還是去找找有沒有其他人吧。

只要是鎮上的孩子，每個都從襁褓時期就知道這座被海風鏽蝕的遊樂園。在我還能天真無邪地玩耍的時期，摩天輪看起來巨大無比，但到了十四歲的現在，感覺卻小得令人失笑。這裡的遊樂設施就只有摩天輪、旋轉木馬、室內遊戲區、比溜滑梯稍微長一點點的小小雲霄飛車而已。有著帥氣紅色車身的賽車場不知何時關閉了。再來就只有摩天輪旁邊的詛咒館，但那裡只有一個噁心的蠟像做的魔女，誰也不會靠近，淪為不良少年的巢穴。詛咒館四周總是有阿摩尼亞味，滿地菸蒂，紫色的牆上整面都是噴漆的塗鴉。寫的是那種如果我為人父母，絕對不想讓小孩看的內容。

我漫無目的地走在骯髒的淺綠色園區裡，經過架起粉紅與白色條紋遮雨棚的爆米花攤位。這時，我發現了下一具屍體。這次沒有燒焦，所以我馬上就認出是誰。

「納維爾。」

紅色棒球帽加上翹起的栗子色頭髮。法蘭絨格子襯衫上套著藍色羽絨背心，他是我們班上個子最高的。這傢伙肯定是納維爾沒錯，霸凌我的三人組的其中一人。血從他的鼻孔流下來，微睜的眼皮動也不動。他死透了。

這時，我腦海裡浮現一個情景。就是剛才吊艙起火燃燒的場面。濃濃的橘色火焰從窗外撲進來，我吸進了煙無法呼吸。好燙。然後我聽到自己的慘叫。很像作夢或看電影，但比那真實多了。那種痛、那種熱，絕對不是我貧瘠的想像力想得到的，只能是實際體驗。那簡直就像我自己臨死的瞬間嘛。

摩天輪在後面被風吹得嘰軋響。我死了嗎？

好可怕。可怕得要死。不對，如果我真的死了，那就已經死了，可是我明明是個才十四歲的孩子，就沒有人生可活了。能不能想辦法回到原來的世界啊？

我的膝蓋抖個不停，便靠在爆米花攤位的攤車上。這一靠，明明沒有人，爆米花卻一顆接一顆爆開，從金屬製的容器裡湧出來，掉進透明的箱子裡。可是箱子卻不會滿。

這裡果然不是現實。也不是夢。之所以沒有人，又到處都是屍體，是因為這裡是死後的世界。

換句話說，我已經死了。

我自暴自棄起來，打開箱子的小門抓了一把爆米花，塞進嘴裡。輕輕的、脆脆的、香香的，是剛爆好的味道。放在舌頭上，像眼淚一樣鹹鹹的。

我拿了攤車上的紙杯，裝了一堆爆米花。自己是死人的事實雖然可怕，但像這樣仍有意識讓人開心。大人都說死後的世界根本不存在，但那只是大家都沒死過不知道而已，其實這才是新世界的開始吧？還能吃到不帶濕氣的爆米花，搞不好比現實世界還好。

仔細想想，我十四年的人生真是乏善可陳。既沒朋友，也不想見父母。爸爸很久以前走了就沒見過了，對媽媽來說，工作比我重要，我死了她也不會傷心吧。

「至少，納維爾死掉的世界是美好的世界。」

我試著說出來，心情就輕鬆了幾分。雖然不知道為什麼連他都會死在這裡，但他死得好。

納維爾霸凌別人的方式，不是只有踢人打人，還會抓住別人的把柄，命令別人做這做那，要別人對自己言聽計從。他專門在老師那些大人面前裝好學生，每天跟被他霸凌的人在一起，看起來好像很要好。如果只看表面，別人一定以為我跟納維爾是一夥的。

我在納維爾手中的把柄，是我唯一一次在考試時作弊。我本來沒有想作弊的。只是剛好橡皮擦掉了，我伸手去撿的時候，看到了斜前方桌子上的答案卷。而坐在我後面的，是納維爾的跟班之一，湯姆。

一切都被他看到了。從此我被納維爾他們強迫做了好多事。給他們錢，替他們跑腿買東西，也偷過同學藏在寄物櫃的掌上型遊戲機給納維爾。還曾經被逼著在他們帶比我們大的女生進房間以後，替他們把風。等他們玩膩了這些把戲，我就得陪他們練拳擊，手被打得通紅。

其中最爛的一件事，是跟住在鎮邊緣的一個怪人有關。那個男人的特徵是藍色的風衣，據說他有戀童癖，真的有好幾個女生被他摸過，鬧到出動警察。納維爾笑著說「得給戀童癖的一點教訓」，提議燒掉他家院子裡的信箱。可是他絕不會弄髒自己的手。

「我們是朋友吧?那你就要幫忙啊!」

納維爾他們這麼說，強迫我去那人的信箱放火。所以我只好趁他不在家的時候，放火燒他的信箱。之後他好像沒有叫警察，算我走運。

我向納維爾的屍體吐口水，透明的唾液黏在他自豪的羽絨背心上。活該。這是只會逼我做這做那的天譴。我心裡痛快多了。我吃著爆米花，走在遊樂園裡。

都市裡的大型遊樂園之所以華麗，不止是因為遊樂設施多，用很多燈飾和霓虹燈來裝飾也是重點，但這裡的燈飾就只有柱子和柱子之間的寥寥幾條，反而顯得格外寒酸。代替屋頂的帳篷被曬得褪了色，積在木製小丑看板的沙子迎風飛舞。只有白馬的旋轉木馬油漆剝落，馬的眼睛也是有一顆沒一顆的。掛在紅色帳篷頂端的鏡球都霧霧的，一點也不亮。

繞了旋轉木馬一圈，我又發現一具屍體。納維爾的手下矮子麥克，倒在白馬與白馬之間。他伏在地上，後腦的紅髮隨風搖曳。

納維爾和麥克都死了，就代表第三個人湯姆很可能也已經死了。難不成，最先看到的那具焦黑的屍體就是湯姆？

但是，當我走到遊樂園最深處的時候，就知道不是。因為湯姆抱著膝倒在射擊攤車前。我將視線從湯姆淺黑的側臉上移開，打開旁邊室內遊戲區的門，走進去。

昏暗的室內遊戲區裡面也和現實的遊樂園一樣，仍舊是老樣子。舊型的電動機台六台，大飛鏢三台，還有就是桌上曲棍球和小小的保齡球台。飛鏢標靶的圓用的是彩虹配色，看久了會眼花。

這裡也沒人……對戰遊戲和飛鏢都隨我玩，愛玩多久就玩多久。我好開心，偷笑著跑到機台邊，才赫然發現一件事。沒有硬幣，遊戲機就不會動。我翻遍了全身的口袋，從牛仔褲到連帽衫，一枚硬幣也沒找到。遊戲機的畫面一片漆黑，按了按鈕還是一動也不動。

沒辦法，我只好在沒有啟動的情況下，滑桌上曲棍球的圓盤來玩。可是圓盤不像往常動得那麼滑順，輕輕發出很漏氣的一聲卡鏘就停住了。

如果是神把我放在這裡的，幹嘛不在我口袋裡放硬幣啊。要是有人在，就可以一起嘲笑這個狀況了。可是我不要納維爾。也不要湯姆和麥克，也不想看到滿臉痘痘態度冷漠的工作人員和住在摩天輪後面的遊民。要是現在可以自由叫來喜歡的人，要找誰呢？怪奇比莉？凱蒂・佩芮？不了，要是名人在我眼前，我一定會緊張得連話都說不好。

那，如果能找媽媽來呢？可以和媽媽面對面吃飯、聊天。好久都沒有這樣了。我幾乎沒跟媽媽說過「早安」。我很討厭每天早上走進家裡那又小又暗又沒人的廚房。沒有人聲會讓人不安，我求媽媽去工作前把電視打開，但媽媽說那樣浪費電，從來沒幫我打開過。

我嘆了一口氣，坐在桌上曲棍球的球台上，晃動雙腳。不經意往下一看，剛才我站的地方，死了一隻很大的蛾。翅膀斷了，軀幹也壓扁了。

說到蛾，我就想起蒂蒂。蒂蒂比我大一歲，住在我家隔壁。她爸爸是工程師，她自己也喜歡玩機械——何止喜歡，甚至被人套上「mad」（瘋狂）這個字，取了「麥蒂」這個綽號。她平常都窩在車庫改裝成的實驗室裡。埋頭把汽車的電子零件和引擎這些串在一起發明掃地機器人什麼的，要是有人打擾她，無論是誰都會被轟出來。她曾經用針插住蛾，然後通電實驗能不能操縱蛾。從此我只要看到蛾，都會想起她令人發毛的微笑。

即使如此，只要在蒂蒂面前，我的心總是會怦怦亂跳。因為她是個大美人。靜靜坐在那裡，人人都會私語說好像天使。當她因為怕纏到馬達危險，而剪掉好好一頭長長的金髮時，我暗自失望。蒂蒂的藍眼睛——像極了拍打在這鎮上的海的顏色，那雙微微偏綠的藍眼睛，只會注視機器和電線。翹翹的鼻子，只會去聞機油和塑膠，以及火花的味道。

我回憶著兒時玩伴的面容時，背後響起關門聲，好像有什麼人進來了。在那短短的一瞬間，我真的有那麼一點以為是媽媽還是蒂蒂來了。但是，當我急著轉頭看過去，站在那裡的卻是剛剛明明已經死掉的納維爾。

我渾身戒備，等著納維爾像平常那樣露出不懷好意的笑容開罵。但納維爾的樣子怪怪的。他停在遊戲區的入口，不安地弓著身，一雙眼骨碌碌地張望。我和他之間隔著好幾台遊戲機台，也許他並沒有注意到我在這裡。所以我鼓起勇氣叫他。

「納維爾。」

結果納維爾簡直像大家都討厭的老師就在旁邊揮鞭一樣，嚇得整個人彈起來。那樣子實在太窩囊，我忍不住笑出來。

「……搞什麼，是你喔。」

納維爾邊咂舌邊往這邊過來，卻不像平常那樣昂首闊步，而是注意著四周，小跑著過來。

「怎麼了？」

「什麼怎麼了……你怎麼能這麼平靜啊。湯姆和麥克都死在外面了。這裡是哪裡？怎麼一個人都沒有？你是怎麼來的？」

納維爾臉色發青。看樣子他不知道他自己剛剛還是死掉的。我的心，充滿了活著的時候嚐不到的滿足感。

「因為這裡是『陰間』。我們都已經死了。你也死在爆米花攤子前面了。」

「『陰間』？我的屍體？哈！別鬧了。」

雖然對我嗤之以鼻，納維爾的嘴角卻僵著，一點都笑不出來。

「……我剛在爆米花攤前醒來。喂，該不會是你殺了湯姆和麥克的吧？」

「怎麼可能。」

「不止他們兩個。其他吵死人的客人、口香糖吃太多吃壞腦子的工作人員，還有遊民老頭，也都是你幹掉的吧。在我來之前，你在這裡幹嘛？你這人就是陰沉。陰沉的人一定是變態殺人魔。」

「太過分了。」

我一抗議，納維爾就狠狠踢了遊戲機一腳，嚇我。

「你和那女的都很噁。住西大道的人全都很噁。」

我正要問那女的是誰，就想到他說的是蒂蒂。說到這，納維爾曾經好幾次命令我去帶蒂蒂來。因為她雖然孤僻，多少還肯理一起長大的我。不過我約她，她也只出來過二次。

「你不是叫我約蒂蒂來遊樂園嗎？納維爾，其實你喜歡她吧？」

話才說完，我就被猛然推開，咬到舌頭。我整個痛到腦門，眼冒金星。

「住口。那女的躲著我，給我跑掉了。不准再提到她。」

所以是被甩了嗎？活該。我伸出陣陣作痛的舌頭，狗也似地哈哈喘氣，一邊偷笑。結果惹毛了納維爾，他一把抓住我的胸口。但他樣子怪怪的。納維爾不知看到我後面的什麼，張大了嘴鬆開手，往後大大退了一步。

「湯姆和麥克在動！」

我順著他睜大了眼的視線看過去，大玻璃窗的另一邊，高個子的湯姆和矮小的麥克正結伴往這裡走來。我已經看到本來死掉的納維爾復活，所以並不驚訝，但頭一次看到的納維爾大概誤以為他們是僵屍。我覺得很爽，故意大聲叫道：

「喂——！湯姆！麥克！」

我一叫，因為恐怖而面如死灰的納維爾慌張地抓住我的手猛搖。但那時候湯姆和麥克已經注意到這邊，打開了門。

「好可怕，都沒人。」

「看吧，我不是說了嗎？一定會有人的。你們都沒看到麥克嚇得咧。」

湯姆哈哈大笑，一邊攬住麥克細細的脖子。實在不像《陰屍路》裡的僵屍。

於是，終於連納維爾也「哈哈！」放聲笑了。

「搞半天，這是夢嘛。」

「夢？」

「只是做夢而已。就是夢到我們在熟悉的遊樂園而已。結果這傢伙，竟然說這裡是『陰間』。」

剛才明明怕得要命，納維爾現在又強硬起來，撞了我一下。

「才不是做夢呢，明明這麼真實。」

在夢裡出現的人，是我的腦袋創造出來的，沒有個別意志，而且會配合夢境行動。但納維爾卻不像。湯姆和麥克也是。

「大家一起做同一個夢，有這種事嗎？」

但他們三個假裝沒聽見我的話，大搖大擺，在室內遊戲區裡找作亂的目標。湯姆走過對戰遊戲前時，粗暴地敲機器，想讓機器吐出硬幣。笑聲令人不舒服到極點——我想乾脆離開遊戲中心好了，但結果還是小跑著跟在他們三個後面。

「問你們喔，有件事我想不通。摩天輪那裡的屍體，你們知道那是誰嗎？燒得黑漆漆的。」

「我怎麼知道。」

「真的嗎？我總覺得那應該是我們認識的人。一起去看嘛。」

就在這時候。

隨著卡鏘聲響，天花板的電燈亮了，機台齊聲作響，同時啟動。四周立刻吵雜起來，擴音器大聲播放音樂。飛鏢標靶的背燈也亮了，彩虹的七個顏色輪流發光。

我與傻傻張著嘴的三人組保持一點距離，朝窗外看。於是，看到一個小丑從遊樂園反射著耀眼日光的路上走來。雪白的臉，血紅的唇，臉頰上畫了黃色的星星和淺藍色的淚滴，戴著綠色的帽子。像兔子耳朵那樣分成兩股的帽尖上，紅色的彩球搖晃著。身形像充了氣的氣球般圓滾滾的，穿著白底紅圓點的連身褲。

「外面有小丑。」

我指著窗外告訴他們，湯姆和麥克也朝小丑的來向笑了。

「太好了，還是有工作人員在。」

「你不是好奇那具焦黑的屍體嗎？那你拜託小丑跟你一起去嘛。納維爾，你說對不對……納維爾？」

剛才還在飛鏢前的納維爾不見了。我和湯姆一起四處看，在機台後面找到了蹲在地上的納維爾。只見他額上冒汗，臉色白得跟紙一樣。

「你在幹嘛？想玩躲貓貓喔？」

湯姆這樣笑著說的同時，響起了室內遊戲區的門打開的聲音。剛才的小丑進來了。

小丑筆直前進。簡直就像我們身後有電車停靠，趕著上車似的。而我們則活像被高速衝過來的車子嚇到僵住的貓。我的注意力完全被小丑帽尖彈跳的紅色彩球吸引，完全沒注意到小丑手裡拿著什麼。

「嘎！」

湯姆怪叫。大概是因為被小丑抱住了——此刻，小丑看起來是撲上高個子的湯姆的胸口，熱情擁抱。但樣子不太對。湯姆咖啡色的手微微顫抖著，用力推開小丑。

「喂，湯姆！」

湯姆的灰色T恤上出現了圓圓的深色污漬。污漬越來越大，濕漉漉的，瞪大了眼的湯姆踉蹌著跌坐在地上。小丑右手握著一把染紅的刀子。

「快逃！」

納維爾尖叫般的聲音讓我回過神來，我們朝出口跑。玻璃門一開，強風吹進來，揚起納維爾藍色的羽絨背心的衣角。我們來到強得令人感到熱的日光下，跑到射擊攤車，攀住龜裂的柱子。

朝室內遊戲區回頭一看，湯姆從敞開的門出現。T恤整個被染成深色了。但是，湯姆還是走著。慢慢地，一步步地，拖著長長的腿，怕光似地皺起眉，走過來。

小丑佇立在湯姆身後。白白的日光照亮了衣服，上面鮮血四濺，已經分不出是紅色的圓點還是血。湯姆好不容易走到我們這邊，雙手往攤車一伸，呼出好大一口氣。然後就這樣倒在地上。塵沙飛揚，湯姆以最先死掉時的樣子，又死了一次。

為什麼？為什麼明明活過來又會死？這裡不是死後的世界嗎？是納維爾說的夢嗎？如果只是夢就沒什麼好怕的，就算被小丑刺了，在現實世界的床上醒來，就可以把內容忘記。可是如果不是夢呢？

我、納維爾和麥克，從攤車後面衝出來，朝著小丑所在的反方向跑。

剛剛還悄然無聲的擴音器播放出不合時宜的流行樂。整座遊樂園彷彿起死回生。旋轉木馬上的白馬動起來，展開永遠到不了終點的比賽；雲霄飛車上明明沒有半個人，卻卡嗒卡嗒地爬上陡急的軌道。裝飾在入口拱門緣上的一排燈泡，好些已經壽命將盡，要亮不亮地閃爍。

爬到軌道頂端的雲霄飛車一口氣滑落。盛大的車輪聲與旋轉木馬的鏡球流洩而出的華爾滋混在一起，耳朵簡直要錯亂了。沒聽見人聲。也沒有孩子的笑聲。只有遊樂設施不停運轉，我自己的氣息越來越急促。

「啊！」

我踩到不知何時鬆開的鞋帶，顛了一下差點跌倒。幸虧反射性地抓住一個東西恢復了平衡，但我抓的是小丑造形的看板。好紅、好紅的圓鼻子——我連忙放手，右手在上衣上擦著，再度拔腿狂奔。

快跑到關閉的賽車場的時候，突然聽到很大的一聲咻，後面響起麥克的叫聲。

一回頭，應該跟來的麥克不知為何在旋轉木馬轉動的基座上。他到底在幹嘛？跑在前面的納維爾也生氣地折回來。

「喂，別鬧了，快過來！」

但麥克卻沒有從轉動的旋轉木馬上下來。他下不來……因為他的肩膀和木馬串在一起了。正確地說，剛好跑到旋轉木馬旁邊的麥克被十字弓的箭射中，腳步不穩倒在轉動的圓形基座上，插在肩上的箭正好卡在木馬的支柱上。

「好痛、好痛！救我！」

麥克哭著想爬起來，但或許是一邊的肩膀動不了，只是一直掙扎。有如活生生被針刺穿的蟲。我本來是想折回去救他的，但小丑已經追過來了。只見他隨手拋下雙手拿著的十字弓，筆直走向旋轉木馬的麥克。

「走了啦！」

被納維爾的聲音驚醒，我丟下麥克逃跑。就算麥克的慘叫聲、嘶吼聲一聲聲傳過來，我還是頭也不回地繼續跑。我告訴自己，那不是麥克。是有人在看電視，是演員在叫而已。

天空依舊是平靜的、春天的藍。是啊，現在的確是春天。天空下，白色摩天輪的吊艙嘰嘰軋軋地轉動。

我在那座摩天輪出過事。那天看到的天空也和現在一樣萬里無雲，是柔和的藍。坐進吊艙那一瞬間感到的恐懼又栩栩如生地重演。我以前也曾經被人追殺，逃進摩天輪，在那裡迎接了死期。

「納維爾，等一下。等一下啦！」

我抓住前面的納維爾的肩，硬是讓他停下來。

「幹嘛啦！」

「問你，那個小丑到底是誰？」

對著吼得像就要咬人的納維爾，我也不甘示弱地吼回去，納維爾卻突然安份起來，不作聲了。

「告訴我啊。你知道那是誰吧？」

在室內遊戲區看到小丑的時候，我和另外兩個都沒什麼特別的感覺，只有納維爾臉色蒼白，躲在機器後面。我媽媽是那種看到小丑就怕的人，光是電視出現小丑就要轉台，可是納維爾不是。之前他還取笑過小丑的表演，並不害怕小丑這種人。

納維爾眉頭深鎖，一副煩惱的樣子，但他朝我背後瞥了一眼，說聲「這裡不安全」就邁步走，轉過爆米花推車的轉角。

納維爾要去的，是牆壁漆成深紫色的詛咒館。我只在很久以前進去過一次，不過那個設施沒什麼大不了的，就是一個穿著典型巫婆袍的老太婆，以很低的聲音說「詛咒你」什麼的……不過那個老太婆是蠟像，聲音也是先錄好用擴音器播出來而已，騙小孩的。所以根本沒人要去玩，變成不良少年的據點，普通人不會靠近。一到這個詛咒館，納維爾就躲在建築物後面向我招手，然後一副下定決心的樣子開始說：

「因為我想起來了。之前我被那個小丑攻擊過。」

「等一下，你是說在表演的時候攻擊你？像那樣拿著刀和十字弓？」

「不是表演的時候。那天沒開。」

「星期一？」

我記得這個遊樂園是每週一公休。可是納維爾搖頭。

「不是。因為要修摩天輪所以沒開。你不記得了嗎？我們三個和你不是有一起來嗎？」

我想說我不記得，但情景從記憶的片段復甦、湧現。那天，我被納維爾叫到這裡來。可是大門關著進不去。那是個像現在這樣風和日麗的中午，應該在修理摩天輪的技師大概是去吃午飯了，四下無人。我踮起腳尖拉長身子往裡面看的時候，納維爾、湯姆和麥克從後面過來，問我「有什麼事？」。我回說是你叫我來的啊，他就笑我「你頭殼壞了喔？明明是你叫我們來的」。然後他們三個就爬過大門進去。

「……對。我也跟在你們後面進來了。」

這時納維爾打開詛咒館入口掛的門簾，朝我揚了揚下巴。

「進去。」

「蛤？」

「進去啊。你去看裡面有沒有人。」

哪會有人？但我還沒問，納維爾就用力在我肩上一推，我不得不進去。

「歡迎來到我的詛咒館。」

大概是裝了感應器吧，才往裡面踏了一步，人聲就伴著陰森的音樂從上方的擴音器傳出來。屋裡很暗，只有中間是亮的，從下方打上來的照明，照出模糊的人影。

「你們再也無法離開這裡。」

在房間正中央的，就是那個巫婆蠟像，她手中有一個用來當作水晶球的玻璃球。這裡的機關是巫婆一開始說起詛咒那些有的沒的就會變亮。無論什麼時候來都是同一套，無聊到極點。趕快穿過這裡出去吧。但我絆到一個軟軟的東西，害我跌了個狗吃屎。然後我發現有異狀。

「這詛咒是我的憤怒。乖乖被詛咒吧！你們永遠出不去了，永遠。」

絆倒我、現在就在我腳下的東西，是一個人。他仰天躺著，頭就卡在巫婆蠟像的雙手之間。平常是玻璃球的地方，現在是一顆人頭。

我腿軟使不出力，就這樣一屁股坐在地上一直退到背後碰到牆。屍體是個男人。一個大人——我不認識的人。頭髮和鬍子都整理得好好的，身上那件風衣卻到處都磨破了。這件風衣我有印象。視線往下移，看到胯下的地方，我覺得自己的睪丸都縮起來了。那裡插著一把斧頭，有一大灘血。

「是那個變態。」

旁邊突然有人說話，我大聲尖叫，立刻有人伸手摀住我的嘴——是納維爾。從嘴唇的觸感，我知道他在發抖。

「就是住鎮外圍那個戀童的。你以前放火燒信箱的那個。他果然被殺了。」

「怎麼說『果然』？」

「因為我們都是共犯。我和湯姆、麥克、這個變態，還有你。」

「我才不是。」

納維爾對我的反對嗤之以鼻。

「怎麼不是。在那女的眼裡，你也同罪。」

「你好好說清楚啊。『那女的』是誰？」

「你不記得了？」

納維爾明顯不耐煩地這麼說的時候，門簾打開，光照進了昏暗的詛咒館。即使逆光我也馬上就知道，是小丑來了。

我們一句話都沒說，拔腿就跑，不顧一切地狂奔。不知道逃不逃得掉，但絕對不能回頭。從昏暗的室內來到明亮的地方，眼睛一時看不見。可是我不敢停下腳步。

或許事先就料到我們會從出口逃走，小丑已經折回去，在外面等我們了。路在植栽的地方岔開，右邊是有摩天輪的死路，左邊有室內遊戲區，也就是通往遊樂園的大門。跑在前面的納維爾選了左邊，我就跑向右邊。分成兩邊，就有二分之一的機率可以甩開小丑。

而這場賭注是我贏了。小丑向左，消失在我身後。

我喘著氣繼續跑，痛苦得心臟好像要爆開。我跑到發出沉沉的聲響吃力地轉動的摩天輪，跑進乘車處，去開從我眼前經過的吊艙。可是每道門都鎖住了打不開。我敲了每一個從我面前經過的吊艙，正在拉門栓的時候，遠處傳來納維爾的尖叫。我的頭上背上腳底頓時爆汗。

「拜託、拜託快打開，讓我進去！」

我這樣叫著抓住下一個吊艙，用力拉門栓，一下就打開了。我對著不聽使喚的腳咂舌，緊抓住就要離地的吊艙，坐進去。

用力拉上門，便聽到一個鎖門的輕響。這樣小丑就進不來了。我一屁股坐在地板上，長長地嘆了一口氣，長得像要把肺裡殘留的氧氣全部吐出來。

吊艙緩緩地、緩緩地上升，從地面爬向半空。金屬因海風而生鏽，不斷發出唧唧聲，但應該不至於會掉落吧。我拖著沉重的身體坐上椅子，把背靠在椅背上。

結果，我還是回到摩天輪上，不過，這距離我醒來過了多久啊？體感像是已經過了三個小時，可是從窗戶看到的太陽還是在很高的位置，讓我再次認定這裡與現實世界不同。

吊艙的天花板內建的擴音器傳出甜美的華爾滋。當吊艙移動到頂端時，從窗戶往下看，有人倒在爆米花賣場那裡。藍色的羽絨背心，是納維爾。看來他沒能逃出生天，還是被殺了。我攀在窗口，找小丑在哪裡。

然後我發現，那具燒死的、靠在摩天輪支柱的焦黑屍體不見了。

納維爾本來是屍體又復活了。湯姆和麥克也復活了。如果我也是從屍體復活的，那麼那具燒死的屍體也很可能又變回活人。是死在那個詛咒館的變態嗎？不再焦黑的他跑到那裡去又被殺了？

不過，算了。我累了。

我連腦子都懶得動，把額頭靠在玻璃窗上發呆的時候，吊艙忽然上下猛烈搖動。

「怎、怎麼了？」

吊艙每搖一下，金屬零件就劇烈擠壓，害怕直接脫落掉下去的恐懼讓我背脊發涼。要是從這麼高的地方掉下去，必死無疑。我往下確認高度，看到小丑就在控制摩天輪的操控室裡。摩天輪開始動得比剛才快，四周的風景快速變換。心臟跳得又快又強，簡直就要從身體裡跳出去，一回神，我發現我在哭。

「拜託不要再弄了。不要再嚇我了。」

小丑不可能聽得到我的聲音。可是小丑卻從操控室裡出來，抬頭看這邊。當吊艙繞了一圈就要經過地面的時候，小丑撕下了自己的臉。我一直以為那是真正的臉，結果不是。原來是面具。而從面具底下出現的，是蒂蒂的臉。

「蒂蒂，為什麼？妳為什麼要這麼做？」

我嘴裡說著這些話的同時，發現自己心裡暗藏著內疚。其實我是知道的，納維爾會叫「那女的」的就只有蒂蒂。他一定是喜歡美麗的蒂蒂，但「麥蒂」不可能對別人感興趣。

納維爾看到什麼都想據為己有，而且絕不放過不聽從他的人。就算蒂蒂也不可能例外。我就好幾次奉他的命去找蒂蒂出來。蒂蒂真的出來就只有兩次。兩次都是到遊樂園。

剛才我們講到蒂蒂的時候，納維爾說「那女的躲著我，給我跑掉了」。說的多半是第一次約會。那第二次呢？第二次納維爾對蒂蒂做了什麼？

我的胃因為高速轉動的摩天輪吊起來，開始暈車。擴音器播放的華爾滋帶著雜音，聲音聽起來像很遠的地方傳來的，很像廣播頻道沒校準的時候。

「這詛咒是我的憤怒。乖乖被詛咒吧。你們永遠出不去，永遠。」

在詛咒館的巫婆的話聲中，我的腦海裡浮現胯下被斧頭砍爛而死的「戀童男」的模樣。

「難道……難道　」

是我約蒂蒂的。然後納維爾他們讓蒂蒂見了那男的。他對蒂蒂做了什麼？不用想都知道。砍爛胯下就是報仇。沒有人會去詛咒館。那是個無聊的遊樂設施，不良份子的據點。剛才就一直泛上來的反胃終於壓抑不住，我吐了一地板。

「……可是，蒂蒂，妳不是好好的嗎？妳第二天也跟平常一樣啊？」

當吊艙再度接近地面，我向仍是一身小丑裝扮的蒂蒂求情。我約她去遊樂園的第二天，蒂蒂還是一如往常，我還有點嫉妒。因為我一直以為她是和納維爾約會了。因為我一直以為，她是和那個可惡的納維爾在這裡親熱。

為了實現她和那個納維爾的第二次約會，我是這樣約蒂蒂的：「一起去遊樂園玩嘛！」——然後，等蒂蒂進了園內，我什麼也沒說就走了。是的，我騙了她。我把她留在不見人影的荒涼遊樂園，一個幾乎沒有小孩、安全大有問題的遊樂園。納維爾他們有三個人。我明明比誰都清楚他們的力氣有多大。

「對不起，蒂蒂！原諒我。對不起，是我不好。」

一身小丑裝扮的蒂蒂又回到操控室。接著吊艙的速度變得更快，金屬零件叫得更大聲，從縫隙中傳來有東西燒起來的味道。蒂蒂是機械狂。要讓舊式遊樂園的摩天輪故障，對她來說根本不費吹灰之力吧。

我以為納維爾叫我出來、納維爾他們以為我叫他們出來那天。天空和今天一樣藍一樣寬廣的那天。原來那是蒂蒂設計的。她選了這個遊樂園作為復仇之地，讓遊樂設施故障、公休維修，就不會有人來。搞不好，那時候她也對線路做了手腳。

當窗外爆開盛大的火花的那一瞬間，橘色的火焰轉眼漫開，包圍了吊艙。一樣。和留在我記憶裡的臨死的情景一模一樣。燃燒化學製品的臭味與黑煙同時灌滿吊艙，我無法呼吸。喉嚨和肺痛得好像在燒，我咳得喘不過氣來。

我摳著玻璃向蒂蒂求助。但當我看到蒂蒂一手提著東西，就完全死心了。

那是汽油桶。她來到摩天輪旁邊，爬上支柱，把汽油桶裡的東西從頭潑在自己身上。火從高速轉動的摩天輪延燒過去，蒂蒂的身體起火了。整個小丑裝扮也被火舌吞沒，身體緩緩傾倒。她在火焰中抬起頭，我們視線交會。

醒來時，我自己一個人在摩天輪的吊艙裡。窗戶射進來的陽光很刺眼，我瞇起眼往外看，碧綠的海靜靜拍著浪，閃閃發光。

我馬上就知道這裡是哪裡，因為這裡是我不知來玩過多少次的熟悉的遊樂園。一座蓋在海濱小鎮邊緣、老舊而冷清的，小小遊樂場。

摩天輪不知為何是靜止的，沒有在動。我打開門，向外呼叫：

「喂——，有人嗎！幫幫忙！」

但回答我的，唯有海風與海浪聲。其他的吊艙和摩天輪的操控室裡都沒人。吊艙的位置沒有很高，我鼓起勇氣往下跳。

落地的衝擊讓我腳底陣陣作痛，我咬牙忍痛，環顧四周。一個人也沒有。天空萬里無雲，卻連一個遊客、一個工作人員都沒有。遊樂設施也好、播放音樂的擴音器也好，都靜得像死了一般。

腳漸漸不痛了，於是我站起來，挺起腰的時候，我發現支撐摩天輪的柱子那裡，卡著一個大大、黑黑的東西。

是人。雖然整個燒得焦黑，但從縮起的頭和彎曲的手腳看得出是人。

我覺得我好像知道這具屍體是誰。但我想不起來。懷念與恐懼交織的感覺湧上心頭，但不知為何，同時也感到無比的內疚。

我停下了準備靠近那具焦黑屍體的腳步。都是因為燒成黑炭的頭的一部分剝落，朝這邊飛過來。

我一個轉身順勢邁開大步，決定不要管屍體了。還是去找找還有沒有其他人吧。海上吹來海風，摩天輪的吊艙發出唧唧擠壓聲。

朔日晦日。

只聽得到蟲鳴的半夜，突然傳來一聲巨響。像是有人在肚子裡用力敲打夏日祭典的太鼓，像是巨人在大地上跺腳般，一個好低好低的聲響震動全身。

因為那個聲響，我和哥哥爬上自家屋頂去看遠處的地平線。明明距離天亮還有很長的時間，天邊卻微微發亮，好像許多燈籠排成一排似的。我從沒看過那種光。

當我摩挲著起了雞皮疙瘩的手臂時，哥哥忽然低聲吐出一句：

「神明就在那邊。」

「神明？」

「對，因為神無月已經開始了，神明都會去那邊開會。所以現在我們這邊沒有神明。」

哥哥說這是聽隔壁的老爺爺說的。老爺爺很愛說故事，他往生之前，常給我們說民間故事。哥哥特別喜歡老爺爺。連我跟朋友去外面玩的時候，哥哥也會一個人去老爺爺家。

「我們進去吧。」

根本沒有什麼神明。那是愛做夢的哥哥的夢話。那光的確是很不可思議，但一定又是哪個遠處的工廠出事了。一定是這樣。我還記得以前有傷者被送到我們這裡的醫院。

秋天深夜的風好冷，我想早點躺回被窩裡。我小心著不碰掉屋頂的屋瓦，光著腳輕輕地跳到旁邊的松樹上。我安然抵達樹枝之後回頭一看，哥哥還在屋頂上眺望地平線。

「再不回去，會被媽媽罵的。」

但哥哥卻一臉入了迷的樣子，定在那裡不動。聲音又低低響了一下。

「哥哥！」

我厲聲叫，哥哥總算赫然睜大眼，面向我這邊。這時，吹起了一陣風。在庭院塵土揚起的同時，我和哥哥都舉起手臂護住臉，以免風沙吹進眼裡。眼裡應該沒有進沙才對。

第二天早上，哥哥左眼出現了一粒斑點。吃完早飯，哥哥自己跟我說——「昨晚的沙子還弄不掉」。哥哥拉下左眼的下眼皮，我往他眼裡看，眼白上面的確黏著一粒黑芝麻般的東西。我認為一定是沙子跑進去了。

「用水洗呢？」

「我沖了好幾次都不行，弄不掉。」

應該跟媽媽說嗎？可是我們不想被媽媽知道我們半夜偷偷起床，就沒說。可是，結果還是不得不老實說有怪東西跑進眼睛，因為哥哥左眼裡的斑點一天比一天多。眼白裡有黑芝麻，黑眼珠裡有白芝麻，那樣子非常噁心。

同一時期，哥哥開始說他會看到東西。像是，有手心大的小人聚集在硬泥地的灶台邊，院子裡的樹影有個子跟地藏差不多高的婆婆，有人走在雨後天空上的彩虹上。他說，如果用手蓋住右眼，只用變得黑白交雜的左眼看的話，這些奇奇怪怪的人就會顯得更清晰。

「要是你也看得到就好了。」

「不要，我才不想看那些。」

「不難看啊。其實還滿好玩的呢。」

哥哥這麼說，開朗地笑了。有時候他呆呆看著什麼都沒有的地方，會突然輕聲笑出來。

最令人發毛的，是那次他一直盯著我們與鄰家之間的杜鵑花叢的時候。花謝了、樹葉也變黃的樹叢後面，牆與房屋之間有一道昏暗的縫隙。我從以前就很怕這道陰陰濕濕的縫隙，連開在縫隙前的杜鵑花都怕。哥哥忽然伸手去碰杜鵑，從葉子裡拿出一樣東西——是蛞蝓。

「哇！」

「這是老爺爺，去世的老爺爺。」

哥哥將半透明緩緩蠕動的蛞蝓放在手指上，愛憐地微笑。我尖叫，打掉哥哥手上的蛞蝓，用草鞋踩扁。

「你幹什麼！啊啊，老爺爺被你踩死了！」

哥哥啊啊、啊啊叫著，哀聲哭泣。啊啊、啊啊，可憐的老爺爺。我因為恐怖和內疚不知如何是好，撇下哥哥逃進屋裡，把草鞋扔進硬泥地上的灶裡燒掉。結果被爸媽罵了一頓，接下來好一陣子只能穿哥哥的舊鞋。

哥哥的眼睛一直不見好轉，母親帶著哥哥到處看醫生，卻沒有醫生治得好。我晚上躺進被窩之後，都會看睡在旁邊的哥哥，向掛在夜空中分外明亮的月亮祈禱。神啊，神啊，您要是在，請治好哥哥的眼睛。但神沒有聽到我的祈禱。

到了那個月的下旬，哥哥左眼的斑點越來越嚴重，芝麻粒和芝麻粒相連，黑眼珠和眼白幾乎互換顏色了。而且他說很熱、很痛。可是他又非常討厭醫生幫他冰敷或用繃帶包紮，平常明明文靜聽話，這時候就會像變了個人似的大鬧。沒辦法，哥哥只好用那樣的眼睛繼續過日子。

父母對於哥哥為什麼會變成這樣討論、哀嘆過無數次，而我知道為什麼。一定是那天，神無月開始的朔日那天發生的不明的光造成的。

晦日就快到了。等神無月結束，新的月份開始，神明回來，哥哥的眼睛就會復原。一定會的。

但是到了晦日那天早上，哥哥從被窩裡消失了。

天亮時，我忽然醒來，以為睡在旁邊的哥哥去上廁所所以不在。但是我心中有不好的預感，便一直沒再睡——被窩鼓起來，留下了哥哥的身形。我伸手進去摸。冷的。沒有留下一絲餘溫。

我跳起來跑出寢室，奔下家裡的樓梯。

「哥哥！」

我大叫，但不知為何父母沒有醒來。我的腿好沉，很難移動，簡直就像在夢中掙扎。我聽到一個陌生的聲音對我耳語。我雙手捂住耳朵，以不聽使喚的腿，跑過又長又暗的走廊來到門口，打開緊緊的玻璃門。

哥哥就在黑夜才剛過去的蒼白早晨的世界裡。哥哥背對著我，望著朝陽升起的那一邊。他的樣子之所以奇怪，是因為他的左手微微張開，好像握著誰的手。

「哥哥……誰在那邊？」

我喘著氣說，哥哥若無其事地回頭。

「哦。」

「還這麼早，你怎麼跑出來了？連賣豆腐的都還沒來。」

「是啊。不過，我得走了。」

「你要去哪裡？」

哥哥的側臉有點哀傷。看了看左側的什麼人，微微點頭。

「到了明天，我就什麼都看不見了。因為我知道，我這顆眼睛會掉下來。」

「眼睛會掉下來？」

為什麼哥哥老是說一些可怕的事呢？我腦海中想像著哥哥的左眼整顆彈出來，像蛋一樣砸在地上破掉的樣子，不禁全身一震。

「我捨不得眼睛，所以一直在想該怎麼辦？」

「那要怎麼辦？」

「你看得到我旁邊的仁兄嗎？」

「看不到，我什麼都看不到。」

「是嗎？其實我也看不到，只有手摸得到。」

哥哥說，此刻他左手握著的，是將眼睛「借」給哥哥的神明的手。

「這隻手，今天早上進了我的被窩。摸了我的手臂、肩膀、頭，於是，我知道祂是在找眼睛。我抓住這位仁兄的手，不讓祂挖走我的眼睛。雖然這眼睛到了朔日——到了明天，就不再是我的了。」

哥哥說，握住亂動的手以後，手就用力扯著要把他帶走。所以哥哥打算跟著走，便走出了家門。

「幫我跟爸爸媽媽說。我一定很快就回來。等我見了神明，換回我真正的眼睛，就會回來了。」

「……那個人，真的是神明嗎？」

「不知道。不過也沒有別的辦法。」

哥哥沒把握地笑了笑，一步、一步向前走。

我怎麼能留住他呢？我只是眼睜睜地目送空著手、一身睡衣的哥哥，離開朝陽初升的小鎮。到了明天一定就會回來。我只能這樣相信，只能目送。我覺得好像聽到了哪裡響起的、輕輕的、沉沉的聲響。

一直到晦日結束哥哥都沒有回來。月亮西沉朝陽升起，新的朔日來臨。下一個月開始了。神明應該都已經回來了，卻不見哥哥。

從此，我便一直等著哥哥回來。

瞭望塔。

每天早上，我都會比號令早一點點起床。軍靴步步靠近的聲音，開關門的唧唧聲，將我拉出沒有光的黑暗夢境，然後我朝著鋼鐵製的天花板吐氣。緊接著號令就來了。

「起床！」

我彈也似地從平平的床上起來，穿上昨天那件汗還沒乾透的長褲，和同伴一起做好準備。負責傳令的下士不等我們列隊報數，便到隔壁房間重複同樣的過程。沒有廣播也沒有鈴聲。因為自從街上的鐵塔倒了就沒電了。

水龍頭還有水。但肥皂每個分隊只有一個，要洗個臉也不容易。用滿布裂痕的琺瑯洗臉盆汲水，將臉頰和嘴巴稍微打濕，時間就到了，還好我還沒長鬍子。我們分隊一共十二個人，整隊後跑下鐵製的樓梯。小小的餐廳裡有四組折疊式的桌椅，我們向炊事組領了早餐，各自就座用餐。內容永遠都是那些，罐頭桃子、碎肉乾，以及加了馬鈴薯濕濕的黑麵包。就連代用咖啡都變少了，所以都喝白開水。

我們在這座瞭望塔監看敵人，與敵人作戰。多久了？至少在一年前，我就已經來到這第三防衛地區。

走過通道時，隨侍第三防衛地區區長兼瞭望塔主管上校的下士站在那裡，以雙手背在身後的稍息姿勢，大聲說道：

「連帶。心懷連帶啊，諸君。祖國致勝的最關鍵，就是連帶。」

「連帶」是生於祖國的人最常聽到的詞，也是最重要的行為。一個人或許弱小，但大家聯手就會變強。強者幫助弱者，弱者支持強者。大家齊頭並進，彼此關心，無論多小的事都互相討論。否則，人類就會四分五裂。

一齊，一律。分隊的靴聲響徹了通往瞭望台的室內樓梯。我們直接穿過五樓的彈藥庫，打開後方沉重的雙層門。移動背帶將來福槍扛在背上，維持輕快的腳步攀上梯子。

今天也是大晴天。我將新鮮甜美的空氣吸飽吸滿。一到頂樓的瞭望台，強勁的風便咻咻掃過來。屹立於中央的純白旗竿頂端，祖國的國旗剛健地飛揚，我在崇敬的心情中敬了禮。

北方的藍天與荒涼的大地之間，隱約可見我們的城鎮的影子。但是，以前摩天樓般的影子已經變低很多，現在變得像採岩場般，呈現不規則的高高低低。

一想到空襲，就讓人想豎起指甲狂抓頭皮，拔頭髮大叫。但是，我們有高射砲塔。能將敵機掃射一空，帶領我們迎接勝利的偉大的高射砲塔。

高射砲塔約在這座瞭望塔一百公尺的後方，矮矮壯壯地佇立在被太陽曬成紅褐色的荒野中。乍看像塊深灰色的巨大岩石，實際上是座要塞，抵禦敵人的攻擊，保護人民。高度和我們這座瞭望塔差不多，但牆比這裡牢固得多，體積也大了四倍。從頂端露出來一排細細長長的筒子就是高射砲的砲身，威力強大，足以破壞盤旋上空的戰鬥機和地上行走的戰車。每一座高射砲，應該都有一個我所屬的高射砲中隊的優秀射手坐鎮。

以前，無論白天黑夜都有轟炸機和戰鬥機不斷飛來，拖著一道道細長純白的雲在空中滑走，當機關槍發射、投下炸彈時，那座高射砲塔便會發出雷鳴般的巨響，擊落好幾架敵機。每當砲彈夾著火焰噴射而出，大地就會晃動，我都會想，神話裡的天神震怒一定就是這種感覺。

但現在很安靜。高射砲塔已經有好長一段時間保持沉默，長得我都想不起上次看到它運作是什麼時候。沒有動靜，也聽不見裡面大批人的聲響。多虧了厚厚的水泥牆帶來的強大防護力，一切都被掩蓋起來了。

但是，絕不能因此就掉以輕心。我們要在這座瞭望塔監視天空和大地，及早發現敵軍飛來。那時候就要舉旗向高射砲塔發送暗號，以便給後方的城鎮拉空襲警報。除此之外，還要用這把來福槍射殺越過防衛線的敵兵，不僅如此，一旦發現有試圖投降的叛徒，也格殺勿論。這正是我們高射砲中隊分派出來的監視分隊的任務，連帶的精神。

今天我們也在分配好的固定位置就位。乾爽舒適的風自東南方吹來，吹得軍服藍色衣領啪嗒啪嗒拍打。仰望天空，中天是醒目的碧藍，色調隨著視線下移而漸淡，來到邊緣的森林盡頭，已經是柔柔粉粉的水藍色。雖有雲朵湧現，但形狀就像以前吃過的棉花糖，不是雨雲。今天整天也都會是晴天吧。

分派至瞭望塔的監視分隊，日班的十二個人當中，有五人要去做補充裝備、削馬鈴薯皮等雜務，所以在瞭望台上的有七人，加上分隊長和勤務兵共九人。四名士兵架著來福槍在崗位上來去，一名負責拿鉛筆記錄戰況，其餘兩名要爬上瞭望塔一角的氣象台，用雙筒望遠鏡監看有無異狀。裝在氣象台上的白色風車整天都會轉動發出聲音，所以這裡總是響著風車咔啦咔啦的音樂。

在相對於城鎮的另一邊，南方有海一般又深又廣的森林，據說敵人的步兵已經抵達這裡了。他們攻打了一年都沒有打過來，都要感謝這片陰暗森林蒼鬱茂密的樹木阻擋了敵人的腳步，以及我們消失在森林中的英勇師團不斷在戰鬥中取得勝利。

即使如此，一天當中還是會看見兩、三名敵兵。一發現紅線的鋼盔和紅領的軍服，負責監視的便立刻發出信號，在隊長一聲令下，位在容易進行狙擊目標位置的隊員便以來福槍射擊。這一連串的行程快如閃電，目標無聲倒下，從此一動也不動。

「警報，發現目標！南南西有敵兵一名，目測距離三百！」

「了解，南南西方向敵兵一名，二號射手，射擊！」

「二號射手，射擊！」

圓形瞄準鏡放大的畫面中，有一名背對著這邊逃跑的紅領敵軍的身影。我扣下扳機，立刻在他背上開了一個洞，敵人倒下，頭盔滾地。記錄員的鉛筆在筆記上發出沙沙聲。

紅褐色的荒野上，到處都是一塊一塊，好似墨水滴落的墨漬，都是一具具屍體。

「所以啊，我想要電容器。有沒有辦法弄得到啊？」

晚餐時，我聽到坐在後面位子的人的談話，我回頭瞄了一眼。分隊的五號正在跟十號說話。五號的個性不但情緒化，講話又常唐突冒失，我很同情懶洋洋地應付他的十號。

「電容器？你要那個幹嘛？」

「興趣啊。因為現在就很閒啊？」

敢說閒，要是被上官知道了會挨罰。眼看著隊長的勤務兵就要從旁邊經過，我便裝作沒聽到回到原來的姿勢，準備再次舀起馬口鐵盤裡的大麥粥。一碗名為大麥粥、有著灰色不明顆粒的糊狀物。

餐廳裡的一般士兵除了我們分隊的十二個人之外，還有三名穿著白色圍裙和廚師帽的炊事兵，大家都各自和坐得近的人說話，一邊將飼料灌進餓得慘叫的胃裡。將校的勤務兵以立正姿勢站在門前，要是有誰吵鬧或是亂說話，就飛奔過來處罰。

瞭望台的任務由另一支分隊「夜班」接班執行。透過日班和夜班這樣輪班，才能在休息時仍有人監視。

「……五號的爸爸好像是電機技師喔。」

坐在對面的一號忽然這麼說，我聳肩說聲「不知欸？」將湯匙放進嘴裡。不管吃多少次，我都覺得大麥粥有鼻涕味。

「我之前是聽說他爸爸是流浪藝人。」

「不會吧！真的嗎？」

一號這樣說完真心覺得好笑般笑了。為人穩重的一號一笑，就讓人有如沐春風的感覺。他就像一片暖洋洋的原野，原野上新芽萌生，遍地花苞蓄勢待發。但相對於這溫柔的氣質，他的射擊本領是全分隊第一，所以也被隊長任命為一號。而我是二號。

我們也有父母為我們取的名字。但上官都以隊長給我們的編號叫我們，我們二等兵之間也互相這樣叫。並不是因為關係疏遠，而是自己人才懂的符號。這對我們而言是連帶的證明。

為了讓後面的五號聽到，我故意用大一點的聲音告訴一號：

「一號你就是太老實了，別人說什麼你都信。五號那個人就愛信口開河。真是的，竟然讓他當記錄員！軍方紀錄都要變成大吹法螺的小報了。」

於是一號以又像困擾、又像哀傷的神情垂下眉毛。

「紀錄有隊長檢閱，沒問題的。」

「我不是說這個。他會說在廁所看到鬼來嚇人，上次還說用雙筒望遠鏡看後面，看到氣象觀測部隊從高射砲塔上揮手。」

「真的嗎？」

「我才不會說謊！氣象觀測隊怎麼可能會在高射砲塔？他們是奉命回市區了啊。」

「是啊。」

我還以為他一定會笑，沒想到一號的臉色卻驟然一暗，拿湯匙一圈圈攪動大麥粥，低低冒出一句話：

「……我們什麼時候才能去街上啊？」

「你是說志願換防嗎？」

「不是的，我不是說想離開我們分隊。只是想去見見家人，在街上走走買買東西。我們已經一年多沒放假了。」

正如一號說的，自從來到這座瞭望塔，我們就沒有放過假，別說放假，甚至連一步都沒走出過這座塔。但我們本來休假就很少，而此刻敵人已經逼近到森林了。

「沒辦法啊。我們根本沒有那個餘力。其他分隊也一樣啊，顧自己的崗位都來不及了。」

聽我這麼說，一號抬頭定定地注視我。那雙灰色的眼眸中閃著不安。我慌了。一個人的精神脆弱，會侵蝕整個連帶的團結。萬一被發現呈報上去，一號會受罰。

「你要堅強一點啊，一號。放心吧，要不了多久戰爭就會結束的。上校不也說，派去森林那邊的討伐隊都是精英嗎？我們一直節節獲勝，不然，也不會有零星的敵兵逃過來啊。敵方出現殘兵，就是我們不斷贏得勝利的證據！」

要是我們居於劣勢，敵人又何必逃跑？現在通訊斷絕，戰況不明——森林很深，透過望遠鏡只能看到茂密的枝葉，看不見下方發生的戰鬥情形。但敵軍沒有攻來，不僅沒有，還有敵方的殘兵跑出來，這就是戰況最好的說明。

一號看起來還是很難過，但我的鼓勵應該多少有點效果吧。

吃完飯收拾好，回到中層的營區後，隊長下達了新的命令。

「自本日時間〇六〇〇起，夜班解除瞭望塔任務。」

同伴們立刻議論紛紛，隊長的勤務兵拍手大叫：「肅靜！肅靜！」但就算他再怎麼叫，能忍住不出聲才奇怪呢。隊長的意思是說夜裡不用監視了嗎？

「報告隊長。請問，會有隊伍來代替夜班嗎？」

後面有人發問，聽聲音應該是十一號。隊長面不改色，明明白白地說：

「沒有替補。因此，從今天起，日班分成兩組。一號到六號值夜班，七號到十二號值日班。明白了嗎？」

大家都很困惑。現在人手不足，七號他們本來是幫忙補裝備和炊事班的，那那些工作呢？再說夜班要調動到哪裡去？難道是高射砲塔？那裡少說已經有三百人了，這樣人手還不夠嗎？

但是，這時候只能回答：「是！」而且命令就是要遵守的。我們挺胸齊聲：「是，隊長！」努力習慣新的編排。

為何要指定一號到六號值夜班，等我們夜裡站上瞭望台，答案就很清楚了。拉下夜幕之後的世界暗得像一切都塗滿了藍色的墨水，連同樣站在瞭望台的同伴都看不清。要盡全力瞪大眼凝神看才總算認得出有誰在。光源就只有天上的月亮，以及高射砲塔從一八〇〇起開始運作的探照燈的藍光。要在這種情況下射殺敵人非常困難。所以才會點名技術較好的一號到六號吧。由視力好的四號站氣象台，藉著探照燈的光用望遠鏡監視。五號照樣負責記錄。其餘四人將圓形的瞭望台分成四等分，各據一方。我們就位時都沒有攜帶光源，唯有隊長所在的中央之處，亮起了菸頭的一點紅色火星，於是那便成為標記。

或許是因為突然日夜顛倒，同伴們都忍著哈欠與睡魔搏鬥。至於我，可能是因為緊張，一點都不想睡。晚風吹起來很舒服，我甚至更喜歡在晚間值勤。

任務本身不能說很順利。探照燈是緩緩移動著照過每一個方位，所以就算看到人影，光圈也是一下子就會移開。即使如此，整體而言還是以一小時一個人的頻率收拾了敵人。

東方天空邊緣終於開始泛白，颳起了黎明前的強風。換班時間就要到了。旭日東升，一天即將開始——不，對我們而言，漫長的一天即將結束。但是，七號之後的那幾個日班的，不知道是不是睡過頭了，還不見人影。

難道要直接延長嗎？我已經睏得撐不住了——正當我這麼想的時候，隊長舉起一隻手示意。

「辛苦了。日班馬上就會來。你們去為明晚養精蓄銳。」

「謝謝隊長！全體立正！心懷連帶，為國勝利！」

「心懷連帶，為國勝利！」

任務在勤務兵的號令下結束，大家小跑著奔向門。一號、三號、五號都是。我也想立刻起跑跟上去，但不知是不是受了涼，小腳腿抽筋了。我蹲在水泥地板上揉捏肌肉、上下活動腳踝的時候，身旁的空氣忽然動了。

「真是個清新美好的早晨。真好。」

雖然逆光看不太清楚，但一個小紅圓點的火就在我眼前燃燒。平常寸步不離的勤務兵和記錄員也不見人影。所以現在是我跟隊長單獨在一起，隊長還主動跟我說話？我正愣愣看著火星，視線就和隊長遇個正著。

「二號。」

我彈了一下。

「呃、是，隊長。」

「架好你的來福槍。」

「是？」

「你聽到了吧?架好你的來福槍。那裡有敵人。」

我趕緊重新架好來福槍，從瞄準鏡看過去。的確有。

森林在東方升起的旭日照耀下刻劃出陰影，而在森林與紅褐色的荒野之間，有人影。那個人不像其他敵兵那樣奔跑，而是背對著這裡慢慢走著，越過架在邊界的鐵絲網，走向森林。沒有穿軍服，而是穿著無袖的白色內衣和卡其色的長褲，看不見他的臉。

我的睡意早已被趕跑。我縮起手肘，屏氣集中精神，依令扣了扳機。男子身體抽動了一下，停住腳步，紅色的印子慢慢在白色內衣的背上擴大。在男子完全倒下之前，我抬起頭，將視線移開瞄準鏡。踩到掉落在腳邊的彈夾，發出沙哩的聲響。

「好槍法。」

意外得到隊長誇獎，我的臉頰頓時發燙。

「謝謝隊長。」

「但是，下次起要瞄準頭部。打在背上有時候不致命，還不會死。要一槍斃命，絕對不能失手。」

「……是，對不起。」

歡喜得意之情減了幾分，但隊長將他厚實的手放在我肩上。

「二號，我記得你從訓練時就特別認真。現在也是祖國忠實的連帶鬥士。槍法雖屈居第二，但作為士兵是第一的。現在，我要給你一項新任務。你有決心接受我的指示嗎？」

我怎麼可能不點頭。我樂不可支地答：「有！」痴痴地看著隊長轉身離去的背影，以及劃出一道弧線落下的香菸的小小火光。

從此，我的行動就與分隊的伙伴有些許不同。

我被調離夜班，和七號交換為日班。但又和其他隊員不太一樣。只有我要提早一個小時起床，每天在天亮前獨自爬上梯子，那時候夜班正好要收班。然後在夜班與日班交班的清晨那一個小時，就只有我和隊長。第一天日班之所以來得晚，並不是日班的人睡過頭，而是時間表的安排形成了一個小時的空白。

在夜班收班之後空蕩蕩的瞭望台上，我聞著隊長的菸飄出的菸味，等候「開槍」的命令。一接獲指令，我便瞄準逃走的人影的頭，絕不失手。一個小時之內會出現兩、三個穿著內衣的敵人，確實將他們射殺之後，隊長便會滿意地點頭誇獎我，紀錄方面，隊長表示會代為報告。不久之後我應該就能獲頒獎章吧。

但這也有不好的一面。我不再有時間和伙伴們交談了。因為我比大家早起，洗漱準備都是一個人，而與日班一起輪值的期間禁止交談，日班和夜班交班時也沒空說話，連用餐時間也錯開了。我只能在將校們用餐的時間縮在餐廳一角，一個人默默把東西吞下肚。當我精疲力盡地回到寢室時，大家都已經睡沉了。

連和最親近的一號也沒有機會交談。頂多只能在黎明時，與爬下梯子的夜班交錯時互看一眼。或許是我多心，覺得他看起來比以前憔悴消瘦，我很擔心。一號槍法超群，但就像隊長說的，作為士兵不夠堅強。萬一有人向上官打小報告，被判「因一己不安擾亂連帶圈」之罪而受罰的話，我就幫不了他了。

這樣的日子過了一陣子。某一天，不知是不是執行什麼任務，沒再看到隊長的勤務兵了。平常老是大吼「心懷連帶！諸君」的上校的下士，眼看我從他面前經過也什麼都沒說。我回頭觀察狀況，只見下士以混濁的眼眸茫然望著半空，臉色極差的臉頰上閃著淚痕，我趕緊逃離現場。

同一時期，白班時在荒野上奔逃的敵兵減少為六小時一人左右。我知道夜班也發生了類似的現象，因為我在餐廳聽到身為防衛地區長的上校揮舞著一疊紙，對著兩位將校說話。我想他要不是沒注意到在陰暗角落喝大麥粥的我，就是視而不見。

「每天的狙擊數量減少了啊！」

「上校，敵兵減少了，日夜都是。」

「也就是說，戰爭就要結束了？」

我心中歡呼——太好了，可以回故鄉了！至少可以不用再執行那奇妙的任務了吧。這樣我就可以再和一號及其他伙伴聊天說話了，也不用獨自在餐廳吃飯了。

但是，不知為何這些都沒有發生。我照樣必須執行特別任務，和隊長單獨狙擊。在我看來，狙擊對象不但沒有減少，感覺還增加了。

「那邊有一個吧。二號，射擊。」

隊長的話、放大視野的瞄準鏡、並非奔逃，而是搖搖擺擺地走向森林的人影。我告訴自己，沒有穿軍服的一般民眾會出現在這裡，就代表他們是罪孽深重的叛徒。扣下扳機朝後腦開一槍，彈夾彈飛。因為整天拿槍，我滿手都是鐵味，洗也洗不掉。

這天早上，不知為何我感到心神不寧，視線沒有像平常那樣立刻從瞄準鏡移開。或許是隊長的樣子跟平常不一樣的關係。

放大的圈圈裡，躺著我剛剛才射殺的男人的屍體。可能是子彈略偏射中脖子，他不是向前撲倒，而是手按著脖子面朝上死的。那是張熟悉的臉，是隊長的勤務兵。雖然一直覺得最近都沒見到他——當我認出他來那一剎那，全身的血倒流，膝蓋打顫。

「……隊長！屬、屬下犯了天大的錯！」

以為射殺的是敵人，其實卻是我軍。而且是直屬上官的勤務兵。我肯定會被下獄的。過度的恐懼令我無法吸氣，我捶著胸口拚命找氧氣。

但以望遠鏡確認狀況的隊長卻很冷靜。

「二號，明天也拜託你了。」

說完便丟下我，轉身走掉。爬下梯子的腳步聲格外響亮。

我是不是做了惡夢？還是因為黎明日光還很微弱，讓我誤認為那是勤務兵？結束日班的任務後，我懷著一絲希望在瞭望塔裡走動，到處尋找勤務兵。二樓的後勤辦公室，三樓的餐廳，四樓的寢室，五樓的彈藥庫。卻不見勤務兵的身影，一樓的糧食庫和運送用的手動升降機室我也看了，沒人。

我回到寢室，在人人沉睡之中，裹著薄薄的毛毯卻還是發抖。瞭望塔的地下室有監獄。那是個惡夢之地，用來禁閉不安躁動或破壞規則的人。到了明天，我一定也會被關進那座籠牢。

但第二天早上，我目送夜班的大家默默回去，扛著感覺比平常重的來福槍爬上梯子，一站上瞭望台，獨自背對著薄紫色的天空站在那裡的隊長，正安然抽著菸。煙在空中化開，與細細長長的雲交疊。

「遲到五分鐘。快就位。」

我趴在地上，架好來福，覺得心跳得好快。冒了好多汗，手不斷打顫。就位後不到幾分鐘，便有人影掠過被瞄準鏡放大的荒野。

「有敵人。射擊。」

命令我聽到了。以瞄準鏡對準背向著我們的敵人。但是手指不動。右手食指放在扳機上，僵掉了。

「二號！」

「遵、遵命！」

隊長口中的敵人沒有穿軍服，而是便服。像偶爾飛過天空的小鳥般，揚起白色衣服的衣襬，正走向森林。和昨天的勤務兵一樣。

「隊長……屬下覺得那看起來不像敵人。」

「胡說什麼。至今你在這項特別任務期間不也射殺了叛國的一般人嗎？叛國者都是敵人。」

「可是那個人不像在逃亡。他走得很悠閒，簡直像在散步。」

「這附近是一般民眾的禁區。無論有什麼理由，闖進來都罪當極刑，這你也知道吧？二號，開槍。不快點動手，他就要進森林了。難道你要讓他和敵人會合嗎？」

我猶豫了。但又不能不開槍。隨風搖擺的國旗有如責備我一般，發出強而有力的啪嗒啪嗒聲。我像狗一般張嘴喘著氣瞄準，射擊。心情的動搖傳遞到槍身，子彈偏離瞄準的頭部，又擊中了背心。

在背上開了鮮血紅花的男子高舉雙手，朝這邊回頭，跪下來。我認得那張臉。就是在走廊上喊「連帶」的下士，就是前幾天我從他眼前經過也茫然佇立閃著淚光的下士。整張背染紅的下士以仰望著這邊的姿態靜止了幾秒，然後像被砍倒的樹一般，直挺挺地趴在地上，一動也不動了。

風很強。與撕開黑夜的太陽一同自地平線湧現，橫掃而來，吹起了我的軍帽。軍帽轉眼便從我的手中溜走落下，看不見了。

能說悄悄話的地方就只有寢室。我在執行日班任務中向隊長代理說肚子痛，假裝要去廁所回到四樓。夜班的各位的鼾聲響遍油膩的鋼鐵走廊，可見夜間任務的疲累。可能是因為人手少，沒有人監視。那個下士也被我殺了，也難怪沒人監視。

「一號，起來。」

我小跑著繞過昏暗、汗臭撲鼻的寢室找到床，搖醒靜靜睡著的一號。或許是睡得淺，一號立刻睜開眼皮。

「……二號，別嚇人好不好。」

「抱歉。不過拜託，我想跟你說一件事。」

我拉著一號的手到廁所，壓低聲音說了這段期間的事。隊長要我在日班與夜班的交班期間單獨執行狙擊任務，一開始很順利，但我好像射殺了隊長的勤務兵和隨侍上校的下士這兩人。一號一開始還揉眼睛、打哈欠，但聽到我射殺了兩人，便睜大眼睛望著我聽我說。

「難道是你誤殺了？」

「這個……一開始我也是這麼想的。可是多半不是。隊長好像知道我射殺的是誰。」

「換句話說，是明知道是誰還叫你射殺？」

我點點頭。不然還能怎麼解釋？隊長是明知道那是勤務兵和下士，還跟我說「是敵人」的。

「會不會是處刑？那兩個人假扮一般民眾想逃？」

我認為這是最正確的答案。勤務兵和下士一定都是心生不安了。他們厭惡了戰爭，想逃離這裡。結果被隊長發現，利用我將他們處刑。

可是一號一臉嚴肅地搖頭。

「其實，兩年前就一概禁止處死軍人了。因為人員極度欠缺，沒有兵力可以補充，所以無論任何情況，各防衛地區的將校都不得處死己方士兵。雖然會開軍法會議把人關起來，卻不能判處極刑。」

「天啊……我都不知道。」

軍法有種種細項規定，我先前就知道士兵禁止自殺。擾亂連帶、招致貴重資源損失是重大犯罪，這些在服兵役的時候就會叫我們發誓。但是沒想到竟然連處死都禁止了。

「那士兵不就可以為所欲為了嗎？」

「所以沒有讓最基層的士兵知道。只告訴下士以上的階級。免得我們有恃無恐就亂來。」

一號說，這件事是隸屬於城市守備部隊的姊姊寫信告訴他的。一般民眾就不用說了，政治家也被禁止危害軍人，一號的姊姊告訴他，軍隊成了「聖域」。

「為了躲審查，我們是用只有我們兩個看得懂的暗號寫的。所以上面應該沒發現我知道。也不曉得姊姊現在怎麼樣了……我們通信了一陣子，可是一年前的空襲之後，就沒有任何音訊了。」

一年前——就是我們被任命為高射砲中隊的監視分隊派來這個防衛地區沒多久，敵機就對城裡展開大規模的轟炸。那巨大的火球、市中心的白光、爆炸的情形，至今仍烙印在我的腦海裡，但我努力不去回想。城裡有好幾座又大又堅固的地堡，裡面儲有糧食、水和醫藥，大家一定都能平安逃過空襲。

「一定只是郵務還沒有復原而已，沒事的。」

我伸手搭在一號的肩上，以肺腑之言鼓勵他。城市不可能被炸毀的。儘管不是首都，那也是祖國數一數二的大城市。這不是相不相信的問題，是無可爭辯的事實。這時候我才總算發現一號眼下嚴重的黑眼圈。和值白班那時候相比，他的臉頰消瘦得嚇人，憔悴得像個病人。可見夜間值勤就是這麼累人。

「你還好吧？」

「還好，二號，謝謝你鼓勵我。回到正題。我們的祖國，現在盡可能以最少的兵力繼續作戰。以前的夜班不在了，只靠我們分隊防守這裡多半也是因為這樣。人員就是這麼缺。所以，要是隊長處死了身為軍人的勤務兵和下士，那就是違反重大軍紀，已經是殺人了。」

「殺人……」

這凶殘的字眼，像尖刺般插進我的心口。

「隊長會想殺勤務兵和下士嗎？」

「不知道。至少在值夜班的時候，沒看過他們起爭執。可是，他們三人也可能在我們看不見的地方有過什麼衝突啊。」

因為和一號的這番交談，我的決心產生了動搖。

我們殺敵，是因為戰爭，不是殺人。殺人和連帶是兩回事，更會打亂團結。所以軍法也明令禁止殺人——「任何人不得因私怨殺害同志。違者嚴加懲處」。

只不過，既然對軍人的嚴罰不再是死刑，要是我告密讓隊長上了軍事法庭，他頂多也只是被關進地牢吧。

話說回來，殺人欸。無論隊長和誰起了爭執、有什麼動機，我絕對不想再殺死自己認識的人。

第二天早上執行特別任務時，我鼓起勇氣向隊長說了：

「屬下惶恐，但今後能不能讓屬下只射殺敵人？」

我說完到隊長回答頂多只有五秒鐘，但對我來說是天長地久般的五秒。隊長可能早就料到我遲早會提，連眉毛都沒動一下。

「好。那你就回去只出日班任務就好。把這特別任務忘了。」

「夜班比較好。請將屬下派到夜班。」

這個個人意願沒有特別的理由，只是想和一號待在一起。以前向上官提出改派部門單位的意願這種事我想都不敢想，現在雖然聲音發抖也總算說出口，是因為聽說了那條不能處死士兵的規定。即使如此我還是滿心不安，懷著形同和猛獸一起關籠的心情用力閉著眼，卻聽隊長爽快地說「我知道了」。當我睜開眼時，隊長頭也不回地，將香菸往下面彈，一下就走了。

但是我不在以後，特別任務好像還是繼續執行。我回到夜班，再度在一號身旁就狙擊位置，想起了我不在時，是由七號代替我的。但是七號並沒有回到他原本的日班，而是在暗夜中，在我身旁盯著來福槍的瞄準鏡。那裡應該是三號的位置才對。黎明時，值完勤爬下梯子，看到三號以一雙惺忪睡眼站在門前，我就知道是他繼我之後接下了清晨的特別任務。

脫離夜班的不止三號，也沒看到本來應該拿著鉛筆和筆記本記錄的、熟悉的五號。七號留在夜班是為了填補這個空缺嗎？

三號我已經見到了，如果想跟他說話，好歹交班的時候可以打個招呼。可是卻到處都找不到五號。

這也難怪。因為五號是在地下的牢房裡。

瞭望塔的人手不足更加嚴重，炊事班和衛生班也不知被調到哪裡去了，現在由我們分隊負責伙食。監看任務有也等於沒有——無論夜班還是日班，都沒看到從森林跑出來的敵兵，現在每天在瞭望塔上的時間都無所事事，連一槍都沒開便結束值勤。也因此，我們才能夠輪流分擔工作。

瞭望塔裡像風平浪靜的海，安靜，木然。下士不在了，剩下就是身為防衛地區長的上校和兩名將校，以及隊長和我們分隊十二人。上校和兩名將校每天無論什麼時段都在餐廳，猛喝酒吃罐頭，再這樣下去，他們可能會把存糧吃光。

我不希望存糧被吃光。補給早就中斷了，我們只能靠現有的東西來維持。一樓糧食庫的存糧之所以能撐到現在，是多虧了塔裡的人少。可是，那些存糧也一天比一天少，箱子漸減，開始露出地面。

我們基層士兵不管有沒有敵軍，都忙忙碌碌地工作。即使沒有下士來叫我們，也按時起床，吃自己準備的餐食，扛起來福槍站上瞭望台，或是清潔裝備打掃塔內，修繕損壞的地方。完成任務便就寢，再迎接第二天。偶爾從瞭望台看看高射砲塔的情形。但是那裡還是安安靜靜，讓人忍不住懷疑那裡會不會已成為無人廢墟。

利用手動升降機把洗完衣服的髒水運到一樓，自己走下樓梯，從升降機裡把臉盆搬出來，把水倒在大太陽的外面。被太陽烤熱的地面快速吸了水，黑黑的水漬一下就乾了。晃晃臉盆甩掉水滴，正要踏上樓梯回塔裡時，在石砌的瞭望塔和泥土的邊界上，發現了一行工蟻。又黑又小的螞蟻正忙著將昆蟲的殘翅運回巢穴，但其中有一隻不知是不是被人踩過，翻肚抽搐著。其他螞蟻正擺動著觸角，使勁兒扶牠。這正是「連帶」。工蟻也和我們一樣，拚命——

「有人嗎！快來人啊！」

就在近旁突然有伙伴大喊，我猛然站起。一時之間以為是敵人打來了，但並不是。我趕回塔裡，只見從地下室的樓梯爬上來的十號哭喪著臉抓住我的手臂。他的軍服長褲被罐頭汁和碎片弄髒了。

「拜託跟我一起下去。五號不好了！」

基層士兵嚴禁進入地牢。即使在人員變少的現在，牢房內部也是由隊長一個人料理，但十號說他是趁著隊長睡覺的時候下去的。十號和五號最要好。沒有半個人看守、呈毫無警備狀態的牢房惡臭薰天。

五號在那裡。柵欄內，並排著數十個被極小的房間，小得連能不能躺著睡都令人懷疑，而五號就坐在其中一間裡。但我來到地下首先驚愕的，並不是五號雙眼空洞消瘦憔悴的模樣，而是每一間牢房的門都是敞開的，每一間都是空的。

「這裡……到底是怎麼回事？」

「喂，二號，別呆站著，幫忙看看五號啊！」

我並沒有什麼醫學知識，但還是從十號手中接過鑰匙走進去，照他說的檢查五號的身體。他沒有受傷，也沒有發燒，但樣子卻顯然不對勁。五號雙眼是睜開的，但無論我們說什麼都沒有反應，就像是只剩下軀體的一具空殼。

我扶著抽抽噎噎的十號離開地下牢房，去找大家。上校他們在餐廳，四樓寢室隊長在睡覺。所以只能去瞭望台。與五樓彈藥庫和瞭望台加起來五名伙伴會合，聽十號怎麼說。一號也在。

「五號……弄到了電容器。他跟我很好，所以跟我說了很多。」

「電容器和五號被關有關？」

我想起有一次，五號在餐廳裡向十號說「想弄到電容器」的事。在大家圍繞下，十號拿袖口擦著鼻水點頭。

「一定要有電容器，因為五號要修理收音機。」

「收音機？」

大家異口同聲地說，倒抽了一口氣。我們通訊斷絕已經很長一段時間了。據說瞭望塔也有收音機，以前會聽祖國的廣播，但我們被調來的時候已經壞了。而且身為防衛地區長的上校也說過「收音機不是好東西」。敵人會妨礙通訊，放出假消息，所以光是收聽就犯了擾亂連帶圈之罪。

「難道五號是因為做了收音機才被關的？」

「沒錯。五號想把壞掉的收音機復原。結果很難，所以外形變得很大。」

「也就是說，收音機修好了？」

十號對一號這個問題微微點頭。事情更加令人吃驚了。

「他用老方法自己做了電容器。我也跟他一起聽了收音機。可是……很奇怪。五號就是因為那樣才變得不正常的。」

「奇怪？敵人的擾亂廣播嗎？」

「不是。是什麼都聽不到。無論轉到哪一個電台，都沒有人說話。」十號的舌頭舔了舔乾裂的嘴唇。「都沒有聲音。只收到雜音，其他什麼聲音都沒有。」

「什麼嘛，那就是收音機有問題啊。是他做的零件不管用。」

於是十號抬起滿是鼻涕淚水的臉，直直望著我。那雙眼裡，浮現著與牢中的五號相同的空洞虛無。

「怎麼可能。五號不知道做過多少次收音機了，跟他當電機技師的爸爸一起做的。收音機的構造裡裡外外他都知道。這次也成功修好了。」

「少騙了，五號就是愛吹牛。你一定是被他糊弄了。」

「五號才不是愛吹牛。二號，他只是因為是你，才隨口敷衍罷了。」

「……什麼意思？」

「就是字面上的意思！因為對你來說軍方比伙伴更重要，因為你死腦筋……誰會跟這種人講自己的事！就像現在，你也不相信我的話對不對？所以大家都不相信你！」

我惱羞成怒，不顧一切地撲向十號，扭打起來。我的拳頭打中十號的左頰，十號抓傷我的臉，我們互揪著衣襟倒地。痛是很痛，但我掉淚是因為難堪。我很氣十號，很恨五號，討厭大家。可是最差勁的，是不被伙伴信任的我自己。

這時候，槍聲大作。大家全都呆住，以為是敵人，結果是隊長。身邊跟著三號，接替我執行特別任務的三號。

「十號，你過來。」

隊長緩緩放下朝向天空的手槍，叫了十號。十號的手鬆開我的衣襟，只回頭朝我們這邊瞥了一眼，便走向隊長。隊長帶著三號和十號，什麼都沒對我們說，便在門後消失了身影。

我背上感覺得到大家的視線。旗竿上的國旗啪嗒啪嗒的聲音格外響。我在任何人開口之前就邁開腳步，大步橫越瞭望台，關上了門。我怕有人會跟我說話。

我關在糧食庫裡，不斷清理不知誰留下來的槍。我誰都不想見，可是完全都沒有人來叫我，卻又讓我有點失望。時間過去肚子就會餓，又有任務要執行，在封閉的瞭望塔裡一定會在哪個地方遇見人。即使如此，我還是賭氣在大家用完餐的時間才走向餐廳。

餐廳空無一人。餐桌上沒有半個髒碗盤，就連平常酒不離口的上校都不見了。大家一定都回房了吧。上校肯定也是終於回床上睡覺了。我直線穿越餐廳，去拿罐頭的時候看了看廚房，但負責煮飯的也不在。堆在廚房一角的箱子幾乎都空了。我翻箱倒櫃好不容易才在最下面的箱子撈到剩下的罐頭，拿刀戳下去開罐。大概是使勁太猛，滑了手，不小心割傷了左手拇指，所以我扭開了水龍頭。但是沒有水。水槽裡沒有碗盤，也沒有用過餐的痕跡。

大家都跑掉了。

我放下罐頭衝出餐廳，到處找伙伴。但是每個地方都沒有人，靜悄悄的沒半點聲響。寢室的床也是空的，廁所也是空的。二樓的後勤辦公室堆滿了散亂的文件，打開門時因為風壓吹起了好幾張，在空無一人的房間裡翩然飛舞。

「大家都在哪裡？這樣作弄我！排擠別人很好玩嗎？」

我來到一樓，在存糧幾乎耗盡、悄然無聲的糧食庫前，眼淚終於決堤。連帶的精神都到哪裡去了？啊，我就是因為動不動就把軍隊的標語掛在嘴上才被討厭的喔。我背靠著牆，就這樣滑落，屁股著地，一直哭。

哭了一陣子，有人抓住我的手臂。是一號。

「……二號。」

出現在眼前的是一張穩重的臉，看到那張聰明又溫柔，但此刻卻顯得非常悲傷的臉，我哭得更厲害了。

「你們跑到哪裡去了啦！我找了好久！」

「抱歉。你不見了以後，發生了很多事。」

一號沒有多做解釋，就扶我起來拉著我說「這邊」。他帶我去的，是瞭望塔敞開的出入口。不知哪裡傳來野獸還是鳥的聲音，卻因為隔著厚厚的水泥牆，聲音悶悶的聽不清。

日已西沉，月光將夜晚的世界照得蒼白。在現在這樣秩序大亂之前，晚上士兵單獨外出是不可能的。但現在我們已經可以這麼做了。

一踏出瞭望塔，聲響就聽得清清楚楚。上面有人在叫喊，我剛才以為是野獸或鳥，原來是人。

「跑啊！還不快跑！刺啊、開槍啊，這是戰爭、戰爭！」

尖銳刺耳的聲音來自上校。而那廣闊的荒野，沉浸在蒼藍之中的荒野上，有兩個男人正在你追我跑。軍服的樣式幾乎一模一樣，難以區別，但看得出衣領的顏色有所不同。紅色和藍色，敵人和我方，看不出是誰在追誰在逃。兩人的面孔我都認得，是和上校形影不離的將校。

「那是在幹嘛……捉迷藏嗎？」

「二號覺得看起來像在捉迷藏？不是的，你再仔細想想。」

一號露出平靜的微笑，一面揚起瘦了之後變尖的下巴。

「你覺得他們為什麼要分別穿我軍和敵軍的衣服？為什麼上校要大喊戰爭？」

「手揮大一點，刺對方！你們這些軟腳蝦，那有氣無力的死樣子哪裡像戰爭了！」

兩人已經喘得連這裡都聽得見了，即使不用持刀互刺，也一副隨時都會一起倒下的樣子。穿著我方軍服的將校，全身撞向穿著敵軍軍服的那個，將他撞得仰天跌倒之後抓住他的胸口拉起來。然後，朝著心臟舉起一隻手——刀在蒼白的月光下發亮。

就在此時，響起尖銳的槍聲。敵軍打扮的那個將校雙臂頹然脫力，腦袋無力垂落。血從額頭上被打穿的洞溢出來。朝敵兵高舉凶器正要刺下的將校則身子一僵，刀子掉落。然後跪下來，上半身撲在剛死的將校胸口，身體微微顫抖。

「勝利！我軍勝利！」

上校樂不可支的聲音從瞭望台傳下來。

「……搞什麼！」

我感到憤怒。對己方的、而且是上官感到憤怒是絕對不可以的。但這根本天理不容，就該褫奪他防衛地區長的職位，關進牢房永遠不許放出來。但是，一號卻以涼涼的視線看著憤怒的我。

「你還不明白嗎？」

「什麼意思？你就直說啊！」

於是一號靜靜地眨了眨眼，開始說。乾燥的風吹得一號的劉海晃啊晃的。

「這不是現在才開始的。我們也是到今天才知道。剛才，我找到五號做的收音機了。就藏在床底下，沒有被任何人破壞，收音機都修好了。然後就像十號說的，無論調到哪一個電台的頻道都完全沒有聲音，連無線電波都沒收到。」

眼前，穿著我方軍服的將校抬起頭，茫然望著半空。然後笑了。他是在對誰笑？是對還在瞭望台上亢奮不已的上校？還是別的什麼人？我不知道。下一秒，又一聲槍響，將校帶著笑臉腦袋噴血倒下，疊在另一個身上斷了氣。上校歡天喜地的聲音頓時變得氣呼呼的，開始罵人。對這一連串的演變一號甚至一點都不驚訝。

「二號，你聽我說。戰爭已經結束了。早就結束了——恐怕在高射砲塔靜下來的那時候就結束了。」

我深深嘆了一口氣。我並不是沒有注意到，我只是不想承認。雲飄過來遮住了月亮，四周更加暗了。

「……其實我有猜到。補給中斷了，也沒有空襲。」

「是啊。然後城裡多半沒有人生還。所以收音機才接收不到任何聲響。」

這實在很不好受，但如今再怎麼哭喊，死者也不會復活。

「可是那和這捉迷藏有什麼關係？」

「除了我們，全城都死光了。然後，敵方把炸彈丟一丟就走了，沒有來這裡。森林之後也沒有敵人。」

「怎麼可能！上校明明就說派了精銳討伐隊過去！」

「你什麼時候看到討伐隊了？那當然是隨便上校說的，根本沒有敵人。總之，我們防衛地區現在沒有半個敵人。」

我嘴巴張得大大的，看著一號。

「別開玩笑了。不是有好多敵人在荒野上跑嗎？所以才會需要瞭望台。你不也射死了很多個嗎？」

真是的，一號一定也是腦筋不正常了。我一笑置之。但一號的眼眸再理智也不過。

「我們殺的不是敵人。和這場捉迷藏一樣，是叫我們的人穿上敵人的軍服去那裡跑的。」

「……你說什麼？」

「『戰爭』必須繼續。那就需要『敵人』。只要我方的士兵拿出『戰果』，留下紀錄，就代表戰爭仍在繼續。所以讓自己的士兵——好比應該派到高射砲塔的我們原來的隊伍、氣象觀測部隊他們，恐怕我們換班之前的夜班也是。叫他們穿上敵軍的軍服——而且只是領子換成紅色的而已——在荒野上跑。因為戴著頭盔看不見面孔，尤其我們也不太認得夜班的長相。只要從瞭望塔上狙殺了敵人，就可以留下我們勝利的紀錄。」

過去的記憶走馬燈般甦醒。只顧著跑、毫不抵抗的敵人。是啊，他們只是等著被射殺而已。我們之所以能那麼簡單地殺死敵人，是因為他們就像被獵人盯上的小白兔一樣毫無反擊之力。明明是敵人，卻一次都沒有攻擊我們。

「你是說……我們一直在殺自己人？這一年來都是？」

「沒錯。」

「是祖國要求的?叫我們繼續打仗?」

「不……這是我自己猜的，我想祖國應該也已經沒人了。我試著調收音機的頻道，祖國的主要電台也完全沒有播放。我想這個國家除了我們就沒有別人了。敵人不知道為什麼也沒有來佔領。會繼續『戰爭』，我猜本來是為了將來和祖國取得聯繫時能有個說法。沒有進行戰鬥的部隊就是浪費，怕補給被切斷，才開始的吧。可是漸漸地，上校和將校、隊長和下士他們都明白了。世上只剩下自己這些人還活著，已經沒有要報告的對象了。」

我抱著頭，不敢相信。叫我怎麼相信!祖國已經不在了。除了我們全都死了?怎麼可能。可是明明戰爭早就已經結束了，祖國卻沒有下令撤退，敵人也沒有來勸降，的確很怪。

我是二號。因為槍法第二好，所以被隊長封為二號。這時我才赫然想到，抬起頭。一號，殺了最多敵人，也就是殺了最多假扮成敵人的同袍的一號，現在心裡作何感想？

雲飄走了，月亮再次重現光明，蒼白地照亮了一號的側臉。

「……我想過了。要是上校不在了，我們敢拋下瞭望塔、拋下士兵的身分逃走嗎？可是，我想我們大概不敢。因為，我們能去哪裡？要聽誰的命令？我們一定無法接受戰爭竟然結束了，就跟上校一樣。」

「現在也不遲。我們逃走吧！帶著其他人大家一起離開這裡，展開新的人生就好。也可以去弄清楚祖國是不是真的不在了。」

結果一號竟由衷感到好笑般笑了。

「二號，我就是喜歡你這一點。」

我心想，一號果真就像春天的原野。但春天的晚風冷得嚇人。

「可是，已經不可能了。我啊，在相信我殺的是敵人的時候，覺得很舒服。

甚至覺得痛快。可是一旦知道那是自己人……於是我發覺了。如果我殺的真的是敵人，我就會心安理得。這才是最糟的吧？敵人和自己人的分界線在哪裡？衣領的顏色嗎？殺人就是殺人，無論殺的是誰。大家的心情都一樣，我剛才問過了。」

我專注於對話，絲毫沒有注意到靴聲已經來到身邊。融入黑暗的瞭望塔裡，浮現了香菸紅紅的火光。

「一號，時間到了。」

「那我走了，二號，再來就拜託你了。」

說完一號握了一下我的手，用力得嚇我一跳，我還來不及回握他就鬆了手，跑進瞭望塔了。

「一號！你要去哪裡！」

但一號沒有再回頭，也沒有出聲回應我。隊長蒼白的臉驀地從焦油般黏稠的黑暗中冒出來。

「二號，你有特別任務。過來。」

特別任務。也就是說，隊長又打算叫我爬上瞭望台，去殺奉命扮成敵兵的自己人，繼續「戰爭」。已經沒有別人了，目標一定就是自己分隊的人。我想起一號之前告訴我的，質問隊長。

「隊長，屬下知道特別任務是什麼。但是屬下辦不到。處死兵員是違反軍法的。既然要繼續戰爭，也就必須遵守軍法——」

「住口。你什麼都不懂。我可不打算繼續戰爭。看樣子一號沒有把最重要的部分告訴你。」

隊長不由分說地一把抓住我的手，逼我上樓。

瞭望台上有上校和倒成大字的三號。三號眼睛半開，死在血泊裡。上校一個人躲在氣象台後面，嘴裡唸唸有詞。

「上校犯了軍法。他大喊『你誤殺自己人』，處死了三號。不過，三號也擅自射殺了將校。所以任務又再度回到你身上。」

「可是，特別任務是不可以的！違反軍法……」

「沒有違反軍法。因為對象都是一般民眾。民眾脫逃者、叛國者應處以死刑。沒錯吧？」

我被帶到射擊位置，架起來福槍。我再怎麼遲頓、再怎麼笨，不用透過瞄準鏡也知道地面上發生了什麼事。

「目標確認，逃脫者十名。射程距離二百。確認後複誦，二號！」

「目……目標確認。」

淚水讓我看不見前方，手指發抖。我喘得像上了岸的魚，尋求氧氣。透過瞄準鏡，我看到十個熟悉的背影靜靜走向森林。他們都脫下了軍服，穿著內衣。五號在，十號在，一號也在。

「二號。你以為手指抖成那樣，能一槍打中腦門嗎？要快狠準。」

身體抖個不停。胯下一陣溫熱，我知道我失禁了。正當我全身上下同時噴出水分時，背上忽然感到隊長手心的體溫。

「別怕。你一怕失了手，他們就會走得很痛苦。你想讓他們痛苦嗎？」

「不想！」

「那就好好瞄準。給他們一個痛快。」

那一瞬間，我覺得一號忽然朝這邊微笑。我什麼也聽不見。很神奇地，我的顫抖戛然而止，手指放上扳機。

我屏氣慎重開了一槍又一槍，看著伙伴一一在我手中死去，我終於明白隊長的特別任務究竟是什麼了。依照祖國的軍法，在禁止傷害軍人之前，便禁止士兵自殺，入伍時所有人都要發誓不自殺。

我在清晨的特別任務射殺的人，每一個，都是身穿便服或脫下軍服只剩內衣。大家都是朝著森林走，朝向理應有敵人、其實一個人都沒有的森林。在四下無人的那個時間，只有我一個人的話，事情洩漏的風險也很低。隊長讓想自殺的隊員脫下軍服，在這裡走動，就是為符合軍法，遵守規定。

連帶，連帶比什麼都重要。就像那排螞蟻。受了傷的螞蟻被送回蟻穴後呢？想必是得不到治療的。

等我回神，瞭望台上只剩下我和上校。數數彈夾，我開了十一槍。

太陽自東方天際升起，新的早晨來臨。耀眼的白光照亮一切。我站起來，拍掉長褲和上衣的髒污，把來福槍扛在背上，幫三號闔上雙眼，看了依舊躲在氣象台旁的上校。

我一言不發地爬下梯子，給樓梯前的那兩道門上了鎖。依照軍法，殺害三號的上校要送進牢房。用不著送到地牢，這裡也可以當牢房。

然後我下樓到餐廳，探頭看看無人的廚房，打開插著刀子擱在那裡的罐頭，囫圇吃掉裡面的東西。

沒有任何聲響。沒有靴聲、沒有笑聲、沒有唱和、沒有歌聲。在靜悄悄的瞭望塔裡，只有我的咀嚼聲。

跟蹤狂
vs
偷拍魔

カミサマはそういない

你喜歡觀察人類嗎？

觀察電車上坐在對面的人，想像他是個什麼樣的人。其實我很喜歡——我可以想像你害羞地笑著這麼說的臉。

屁啦，我說的觀察人類才不是那麼膚淺軟爛的東西。在星巴克坐附近那個戴粉紅針織帽的女的在喝黑咖啡所以這樣那樣、想像速食店裡那個邊哭邊吃油膩膩的薯條的中年大叔發生了什麼事，這些怎麼樣都隨便。你要妄想是你的事，但你又不是福爾摩斯，不可能看一眼就猜中那是個什麼樣的人。別忘了，福爾摩斯是虛構的。

我來告訴你什麼是真正的觀察人類。首先，要上網。少扯什麼沒機器。沒錢，看是要去免費的圖書館還是網咖，自己想辦法。

不用說，網路上個資就像大洪水四處氾濫。部落格、社群網站、附員工大頭照的企業網站。誰在哪裡吃了什麼、今天見了誰、小孩的年紀、父母的病歷，想知道什麼都有。而且都是他們自己招的。哈哈哈，多可笑。

當然，警戒心強的人會提防洩漏個資。即使把美食照PO上社群網站，也不會標明和誰吃、在哪家吃。但是無論什麼樣的照片都有滿滿的資訊。餐桌有沒有木紋？牆壁的顏色，拍攝時的光影。好比裝在特色藍餐盤裡的炸雞。就算跟他同席的追蹤者沒有不小心洩漏店名，只要搜尋炸雞圖片，找到盛在同樣藍色的餐盤裡的照片就賓果了。去查評論餐廳的網站，十有八九就能找到那些人平時出沒的地區。

那要如何進一步縮小範圍？如果是距離我的所在地一小時以內的地點，就立刻前往。進店裡轉一圈環顧四周。就算上傳到社群網站的自拍照修過圖用馬賽克碼掉臉，從服裝、髮型、體形也大致看得出來。如果沒看到氣質相似的，就到下一個可能的地點。不過呢，有時候有些聰明的，會在離開店家之後才上傳照片，所以難免會撲空。

這才叫觀察人類。這比運用自己又老又廢的想像力，為你在電車、餐廳裡看到的陌生人塗鴉科學多了。所謂的觀察就是這樣做的。觀察鳥類也是躲在樹蔭裡，拿著雙筒望遠鏡，看牠們是什麼叫聲、跳什麼求偶舞、在哪棵樹上築巢、在哪裡覓食吧。誰會去管鳥的個性，更別說牠們在想什麼了。憑想像自己在那裡判斷然後自己有同感，不叫觀察。

我家有兩台電腦，一台平板。其中一台電腦是工作用，一台是觀察用，而平板則是作為進一步觀察的工具，為保險起見，用的都是不同網路公司的網路。

我的正職是窮插畫家。出畫冊、畫小說和商用書籍的封面那些是做夢比較快，我平常是靠企業外包再外包的微薄工作混飯吃。工作用的電腦乾乾淨淨，電子信箱和社群網站的帳號都只有一個。ＰＯ文也是標準的好學生，頂多是偶爾和很熟的網路新聞編輯喝酒時，抱怨一下說希望他們給常炎上的那些插畫家辦個網路素養講座。私底下，我明明就是有好幾個不同人格的社群網站帳號，根本沒把素養當個屁。

推特、IG、臉書，及其他種種——第二台電腦完全顯露我的本性。管理偽裝用帳號、追蹤常PO文的人、放所謂動態時報的畫面。

這可是一片混沌。豪雨後的濁流就是這種感覺吧？要是同時看幾百個人一起講話，就連我也會真的恐慌發作。但只要稍微忍耐一下，濁流裡就會流出感覺不錯的PO文。有人會冒冒失失不小心洩漏個人資訊。我就會有種釣到笨魚的心情，登入我登錄在平板的特別帳號「鷹眼」，追蹤他（因為用的大頭貼是復仇者的傑瑞米・雷納，大家都誤以為我是鷹眼迷）。

「鷹眼」追蹤的，都是常不小心洩漏個資的帳號。

我懷著獵人的心情，縮小帳號的活動範圍，有時候裝作人畜無害的追蹤者發問，一得到線索就前往現場尋找本人。找到時的那種興奮和優越感真的會讓人欲罷不能——不過，我絕對不會對本人出手。因為沒那個必要。

我只是想找出、觀察某個人的作息而已，沒有任何加害的意思。只是想得到從丁點資訊掌握真實的快感而已。就這個層面而言，我也許也得了福爾摩斯病。

總之，我和那些盯住喜歡的人並施暴的噁爛變態不同。我的人類觀察是科學的、健全的，就像一種運動，而且我也不在乎性別和年齡。查出來滿意了，就刪除資料解除追蹤，忘得一乾二淨。

現在，我正設法查出獵物之一的住處。

他的社群網站突然出現在我的第二台電腦上。正好就在我按X關掉最近常看到的「你的網路使用習慣安全嗎?」的網路廣告之後，出現了一個我沒聽過的社群網站「NEXT」的報導。

現在是社群網路的全盛時代，新的軟體前仆後繼地出現又消失。我心想這一定也是那些不怎麼樣的軟體之一，但點進報導附的連結，設計精美得令人吃驚，使用者看來也很多。這麼優秀的社群網站橫空出世我竟然沒發現。

都怪這陣子一直工作一直熬夜，鬆懈了。我一面對自己資訊疏漏感到丟臉，一面開設帳號，立刻開始尋找有沒有吸引我的ＰＯ文。

這個名為NEXT的社群網站，怎麼說呢，就是近未來。雖然有追蹤這個概念，但沒有時間序列的動態時報，ＰＯ文一則則飄浮在銀河系的主視覺空間裡，讓使用者去追逐捕捉。就是上、下、左、右、前、後四面八方都有貼著文字或照片的紙片。抓到一張，相關的ＰＯ文就會排成一列。從中點選要看的，但裡面有的閃著紅色有的標了藍線。我看了使用指南，他們是由管理網站的ＡＩ找出使用者偏好的ＰＯ文，以顏色來顯示。

老實說，這個用起來有夠累。會眼花。很難找。而且靠ＡＩ來判斷這一點就是讓我不爽。

我在這個偽宇宙空間逛了一陣子，做出了最好放棄的結論，準備關視窗。就在這時候，我的視線停留在一則像水母般邊緣閃閃發光的PO文上。

是某個男子的PO文。帳號名是「佛萊迪」，從文章看起來感覺年紀比我大，大約四十多歲。他對隱私有最起碼的保護，臉雖然用馬賽克碼掉，但脖子以下拍得清清楚楚，大概是有在運動吧，身材相當結實。哪像我肚子像被刮過般沒有肉，瘦得皮包骨。

最重要的是他PO的內容。他說他正要去看電影。還好心地附上電影院的照片，有著褪色的黃色外牆、潛水艇般的圓窗，是一個小時之前上傳的。電影院貼出來的海報是好幾年前上映的B級恐怖片《佛萊迪大戰傑森之開膛破肚》。我本來挫了一下，以為是以前拍的照片，但看樣子是重新上映。原來如此，這傢伙是這部電影的影迷，應該是看過很多次了。搞不好他的暱稱佛萊迪也是這樣來的。

其實我也很喜歡這部電影。讓《半夜鬼上床》和《十三號星期五》這兩個獨立系列的殺人魔出現在同一部作品裡的創意，現在雖然不算新穎，但我沒想到電影會以佛萊迪的視角展開，而且實際上也很成功。雖然完全不受到一般觀眾青睞。

佛萊迪剛搬家，在新環境的公園裡擺V拍照、在河邊釣魚，生活過得相當充實。甚至有在金黃的麥田裡扛著割好的麥子的照片。我本來猜他是務農的，結果只是參加了體驗營，他是附近一家機械工具貿易商的約聘人員。住在一間小公寓裡，裡面有看似宜得利或IKEA之類賣的折疊式餐桌，灰色的和式椅，四十二吋電視（怎麼知道是四十二吋呢？因為和我的電視機同型），以及深藍色的床，這些都是從照片裡看來的。

總之，這下我的興趣一下就定焦了。

「……原來如此，佛萊迪。我就來追你。」

我搓搓手，也在平板上開了「鷹眼」的帳號，追蹤佛萊迪。

佛萊迪的照片和PO文裡有很多提示。例如公園的名字。由於相當罕見，一查之下，全國只有這麼一個。

我用谷歌地圖搜尋那個公園的名字，地圖出現之後就移動小黃人，切換到街景模式。拜谷歌的街景車到處照相之賜，有如實地走在當地的實景出現在整個畫面，我馬上就找到電影院。然後手指在觸控板上滑動，花了十分鐘在街上散步，標記最近的車站和佛萊迪常去的超市等地，縮小搜索範圍。最終目標是公寓。從他PO到NEXT上的房間照片，看得出他住的不是電梯華廈或獨棟屋之類高級的地方，而是獨居者的公寓。運氣不錯，還拍到陽台欄杆和外側的景色，還有疑似雜木林的影子——陽台周遭很重要。只要知道陽台周遭是什麼樣子，就容易特定出外觀。

我花時間一條路一條路去看，夜深了，不知哪裡有鳥在叫，當朝陽照到螢幕時，我找到他的公寓了。後面的雜木林和陽台的欄杆都沒錯。那種指尖被電了一下的感覺。拼圖塊完美貼合地填進去的感覺。你應該懂吧？那是最美妙的瞬間。

當我從一輛只有三節的電車下車來到月台，便響起陌生的發車鈴。鄉土味十足一點都不催人的鈴聲結束後，電車便悠哉地搖晃著藍色車身駛過鐵軌，往雜草漫漫的土堤那邊消失了。

老舊的木造車站感覺好怪。沒有平常該有的驗票閘門。可以直接經過嗎？總不能搭霸王車吧？ＩＣ卡要是沒有記錄到下車資訊，下次要搭車就會有問題，搞不好還會被鐵路警察抓。

但收票口只有一個閃著銀光的鋼製拱門，不見半個站務員。我只好走到拱門那邊，才看到柱子上掛著告示「ＩＣ卡新機能測試中，請直接通過」。

「那拿一般實體車票的人呢……」

我自言自語時，拱門上方發出了滴溜滴溜的怪聲。

雖然車站的閘門超先進，車站前的商店街卻極為普通，就是鄉下車站常有的商店街。但不見人影，完全就是門可羅雀。

換句話說，抽菸應該也不會有人罵，我便點了菸，在前往目標公寓之前，拿著平板查著地圖，去了他PO出來的那些照片上所有的地方。公園，河川，麥田。站在同一個地點，從平板叫出事先儲存的照片比對。分毫不差——這次我也找到地方了。我按掉菸，不禁得意地笑了。

佛萊迪的公寓和我在街景上看到的一樣，距離車站走路約五、六分鐘，位於一段平緩的坡道頂上，旁邊有一小片菜園和雜木林。淺藍色的外牆，加上典型量產住宅的白色陽台，欄杆上方還有花朵圖案的裝飾，真不知道房東是怎麼想的，反而讓房子顯得更廉價。

今天是平日，時間也還早。既然佛萊迪在一般的機具貿易商上班，應該不在家。

我現在穿著平常不會穿的馬球衫和長褲，一身乾淨清爽的打扮。左手提著一個大大的公事包，一副裡面有文件的樣子。我掏出手帕，在臉上、後頸按一按，擦著其實沒怎麼流的汗，裝作哪家推鎖員的樣子，走進公寓。

公寓是三層樓建築，靠入口那邊有汽機車和腳踏車停車場。沒有電梯，只有左手邊有一座樓梯，銀色的集合式信箱設置在樓梯口前。問題是房間號碼。光靠NEXT上的照片實在推測不出來。

照片裡有陽台，所以顯然不是一樓，而且照片裡雜木林的角度，如果是二樓就太低了。而每一層樓各有三個房間。

信箱這種東西，其實很有個性，有時露出傳單，有時露出報紙，有時空空如也。用來了解居民個性和居住狀況正好。但這棟公寓的信箱沒有一個有貼名牌，缺乏個性。有特徵的，就只有傳單塞爆的302號而已。

我先上了二樓，從走廊邊緣看後面的雜木林。果然如我所料，這裡位置太低了。那就是三樓了。我又爬了一層樓，房間依序是301、302、303。

好了，佛萊迪是會讓信箱被廣告塞爆的那種人嗎？還是會每天都清的那種？

這時，樓梯傳來腳步聲，回頭一看，一個個子很矮的歐巴桑提著一個飽飽的黃色購物袋，正爬上最後一階的樓梯。她身後，是一個跟她一點也不像的高個子年輕女子。看起來實在不像母女的這兩人看到我，一臉訝異。

「您好。」

在 302 號前的我嘴角用力擠出營業笑容，暗自祈禱歐巴桑和年輕女子通過 301 號，也通過 302 號。我運氣很好，歐巴桑輕輕點頭，從我身後走過，走向 303 號。

我知道，這時候要先撤退。我正打算先下樓再看看狀況的時候，歐巴桑開口跟我說話了。

「302 號今天應該也不在哦。」

於是我以準備好的話回答：

「哦，難怪。謝謝。」

順便奉上笑容。絕大多數人通常都會在這種程度的對話後打住，不會再多問。所幸，這兩位也是如此。轉頭便開了自己家——303號的鎖進去了。

302號常常不在家，那麼佛萊迪家就是301號不會錯了。他昨天也PO了自己房間的照片，大吐苦水說「一個人住就好希望身邊有個人」。他和父母好像斷絕了關係，所以剛才那兩個人應該也不會是剛好來照顧他的媽媽和妹妹。所以303號也可以排除了。

但是，我並不想立刻享用主餐。再說我本來就是以不接觸本人為原則的。只要有個地方能順利看到佛萊迪回來就好。

我離開公寓，去看看後面雜木林是什麼狀況。說是說雜木林，但因為在住宅區，很小。頂多就是綠地程度吧。有可能是私人土地，不過，它茂密得應該可以隨便進去，而且又沒有掛禁止進入的標語或繩子之類的。我從公事包裡拿出為了萬一要躲在樹後所準備的迷彩防風夾克，穿在馬球衫上，以免引人注目。

好啦，我不客氣地踏進雜木林。我走在鋪了一層落葉的軟軟地面上，尋找最適合觀測的地點。我在一個可以從樹叢與草叢的縫隙間看見淺藍色公寓正面的地方，把手帕在樹根之間攤開來鋪好，準備坐下來。

這時我愣了一下。

就在隔著樹根的左邊，有一件和我的夾克很像的迷彩圖案的刷毛衣掉在那裡。不，不是掉，是鋪在那裡。上面放著一個黑色扁平的東西。很薄，我確定是平板。

有人。

我趕緊抓起鋪好的手帕站起來，迅速掃視四周。但沒有看到人影，聽到的也都只有風聲吹動樹葉的聲音，很平靜。是有人在這裡享受看電子書的樂趣嗎？看到一半想上廁所而暫時離開？刷毛衣和平板上幾乎沒有樹葉和沙粒，所以失物的可能性就不存在了。

當我發現除了平板還有小型機械類和電線的那一瞬間，聽見小鳥啁啾之間夾雜了小樹枝折斷的聲響。

我趕緊躲進就在身後的大樹叢。踩扁落葉和小樹枝的腳步聲越來越近——我從樹叢的縫隙偷看，一個人影從我眼前走過。

是個大塊頭。這男人的個子沒有多高，但體格壯碩，讓他顯得很高大。他的頭埋在黑色連帽衫的帽子裡，蓬亂的頭髮從裡面露出來。他邊走邊拉褲子的拉鏈，我果然沒猜錯，看樣子他是去旁邊的樹底下站著放尿。他駝背，身子又有點前彎，看起來就十足陰鬱。就是所謂的「噁心的傢伙」。

還好我多了一份小心穿上了夾克。他沒發現我躲在樹叢裡，撿起平板，一屁股坐在刷毛衣上。穿著黑色運動衫的一坨圓背就在伸手可及的距離。我屏住氣，從他背後看他在這裡做什麼。

他盤著腿把平板放在腿上，檢查了一個小型的機器——多半是Wi-Fi之類的，便戴上無線耳機。抬手擦擦鼻子，把平板拿到眼前。

畫面上出現的，是一個眼熟的房間。靠近鏡頭的是起居室，後面是廚房和通往玄關的走廊。走廊另一側應該有浴室和廁所。和我在佛萊迪PO的照片上看過好多次的房間超像的。只不過，沒看到家具。要再靠近一點才看得出來，不過不太像有人住的樣子，好像是空屋。

他屁股附近有一個黑黑扁扁的機器，上面有個小紅燈在閃。是外接記憶體嗎？我悄悄拿出公事包裡的雙筒望遠鏡來看，紅燈旁以白字寫著「REC」。

我知道了。這傢伙是偷拍魔。

未經同意偷拍別人的生活——我可要先聲明，我不是這種人哦。我的行為看起來或許是某種偷窺狂，但就像我之前說的，我和一般的跟蹤狂不同，而且不管怎麼說，偷拍很下流。因為偷拍是擅自把別人沒公開的部分錄起來，事後再反覆觀看。像我，只是觀察並確認我從別人自己PO的照片推理出來的結果而已，紀錄也馬上就刪了。但偷拍魔不一樣。拿影片來威脅勒索，是死纏爛打又噁心的爛渣才會做的事。

目的何在？至於攝影機如何裝設倒不是大問題。一些工人技師，例如裝空調的，就能在作業中把攝影機裝上去了。以 Wi-Fi 接收拍到的資料，用平板看實況並同時錄影。但這是為什麼？他是在偷拍喜歡的女人嗎？還是有別的目的？難不成，這傢伙的目標也是佛萊迪？看起來雖然像是空屋，但從這個角度我不敢百分之百肯定。也有可能是佛萊迪的房間。

再說，要是他一直待在這裡，我就不能安心觀察。我很不爽，感覺很像遇上了程咬金。難不成我剛才上樓也被他拍到了？我剛從二樓走廊探頭去看後面的雜木林。如果他不止拍室內也拍外面的話，就會留下我的紀錄。拜託，別鬧了。

少根筋的偷拍魔沒有警覺心，再去放尿的時候一定也會把平板丟著。但是，他在錄影的同時，一定也存到雲端了，毀了液晶也沒有意義。

冷靜。就算我的臉被拍到了，那和在車站撿到沒有任何標記的鑰匙是一樣的，沒有任何用處。冷靜。我被拍到也只是一般訪客。這一切，等他走了就沒事了。我的地盤豈容他人入侵！

雖然麻煩，還是來擬訂作戰計劃吧。總之，現在距離太近了。

所幸偷拍魔兩耳都戴著耳機。我盡可能不發出聲響，慢慢站起來，視線儘量盯著偷拍魔的背，倒退著安靜地走，先行撤退。

車站前有幾家看起來還滿平易近人的連鎖餐飲店，我選了一家有吸菸區的咖啡店，和冰咖啡一起坐在夕陽斜照的靠窗吧檯。話說回來，店裡好空，零星幾個客人每個都在看手機、平板或筆電。我也是社群網路中毒，沒資格說別人，但這情景實在相當令人發毛。客人全都是單獨一個人。

我抽完一根菸，然後在咖啡裡多加一些糖漿補充糖分，一邊思考要如何趕走偷拍魔。就算想干擾他的訊號，我今天只帶了平板，在這種鄉下地方也買不到發信機。

真是的，怎麼偏偏盯上同一間公寓？

假設一，執著。他愛上那棟公寓某一間的某個人。這個嘛，偷拍這個方法論很要不得但有可能。或者，動機可能不是戀愛，但他認得目標，正在觀察。假設二，興趣。跟我一樣，在社群網站上隨便找一個素不相識的陌生人，而他是採取偷拍這個手段。

這時候，有個客人大聲說著話進來。看似四十多歲的上班族，一手拿著手機嘰哩呱啦說個不停。點餐期間也好、取餐時也好，在客席間走動時嘴巴也沒停過。

「其實是有新的人進來了。我要你盯著那個人。不然我又會有危險」

蛤？遇到危險？這人是在什麼公司上班啊。人家說嗓門越大的人講話越愛耍狠耍酷，這傢伙就是典型。

至於其他客人，或許是決定裝作沒聽見，個個都低著頭專心看自己的機器。

而且這傢伙，明明空著那麼多位子，偏偏就要走到我所在的吧檯，給我坐在旁邊。

他掛了電話，滑著小小的手機不知在幹嘛，但這一點都不重要。旁邊有人這種事，就算是十秒、三十秒我都受不了。不管我故意嘖得很大聲讓他聽見還是抖腳，這粗魯的傢伙不知道是沒注意還是沒神經，完全沒有要換座位的意思。我拿著喝了一半的冰咖啡，離開吧檯，準備移動到離他最遠的座位。

這時我靈光一閃。Eureka！上班族啊，謝謝你！我立刻心情大好，一口氣喝掉還剩很多的冰咖啡，把杯子拿去回收，樂不可支地出了咖啡店。我直指佛萊迪的公寓。但目的不是公寓。

我繞到後面，這次沒有穿迷彩夾克，而是以馬球衫和西裝褲去的。在走進雜木林之前，把手機拿到耳邊，清了清喉嚨。然後開始說話。

「對啊，就是啊，真的是無妄之災。看樣子報告書漏報了這附近有地盤下陷這回事。」

我撥開樹林下的草，在柔軟的地面上緩緩前行。

「是，真的很抱歉。我們這邊也會再……。哪裡哪裡，哪裡的話，是我們給客戶添麻煩了。」

我手上的手機並沒有跟任何地方通話。沒有人應答，全都是我獨自說個不停。

剛才那位多話的上班族，煩得我想宰了他，但他給了我趕走偷拍魔的靈感。只要夠吵就行了。一般人應該都很討厭陌生人闖進自己的領域吧？而且要是還在耳邊嘰哩呱啦說個不停，就會讓人不爽到極點。但說到會不會出聲加以制止呢——與其引起麻煩的爭執，自己閃比較快。實際上我就是這樣，自己換座位。化逆境為順境，就是利用人類心理的妙招。偷拍魔一定也會覺得討厭，從那裡離開的。更何況他正在進行心虛的行為，應該會更想趕快走人。

我假扮業務滿口道歉地走進雜木林深處，來到剛才的地點附近。在太陽下山後帶著詭異紅色的昏暗中，從樹影間可見人的剪影。偷拍魔還在。不知是不是一直都沒動，只見他的大屁股壓在迷彩刷毛衣上，低著頭視線落在平板上。

但這個臭偷拍魔果然令人不爽。我明明以相當大的音量講話，難不成他耳機裡聽的是死亡重金屬，竟然連看都不朝這邊看一眼。我不能輸！

「我們會以最大的誠意來處理。千萬拜託了。」

我假裝掛了電話，誇張地嘆了一口氣。和偷拍魔的距離已經不到二公尺了。

「唉呀呀……」

都這個節骨眼了，管它是不是演很大。我在偷拍魔旁邊，就是之前我曾經想坐的樹根之間坐下來，換了一種完全不同的口氣，再度對著沒有打出去的電話說起話來。

期間偷拍魔也完全沒有反應。我用眼尾餘光偷瞄，但四周天色已經變得很暗，再加上連帽衫的帽子和蓬亂的劉海，看不見他臉的上半部，連他是不是不爽都不知道。我反而覺得自己很蠢，只好放棄電話作戰。

「喂，你啊。」

這麼一來就只能正面對決了。可是該怎麼跟他說啊？

「在這裡做什麼？這片雜木林是私有地，現在準備要把樹砍掉土地開發了。你待在這裡會有妨礙。」

「……哦。」

偷拍魔終於出聲了——你耳朵明明好得很嘛。

「還『哦』呢。能不能請你離開，我有工作要做。」

「天已經黑了。你們晚上還在住宅區砍樹喔？」

說的是。這一回合是偷拍魔棋高一著。我不答，站起來，再度撤退。

幹，到底該怎麼辦？我被樹根和小土堆顛著絆著，在雜木林與民房之間來來回回地走。虧我想到這個絕妙的好主意！雖然也想過匿名報警這個辦法，但偷拍魔一定馬上就猜到是誰報警的，要是他跟警察說「報警的人也很可疑」怎麼辦？土地開發這種隨口捏造的一下就會露出馬腳，我又想不出什麼好藉口能在這個時間公然待在雜木林裡。最重要的是，我不想在警方那裡留下任何蛛絲馬跡。

就在我踢旁邊的小石子洩憤的時候，平板響了一聲。是佛萊迪的貼文通知！我趕緊打開NEXT，在二十秒前，「到站了！好累～」的貼文和車站的照片一起PO出來。不妙，他要回來了。

要回有偷拍魔的雜木林，還是……我看到樹林後的公寓的亮光。從車站走過來用不到五分鐘。

我跑過路燈照亮的路，回到公寓。有沒有哪裡可以躲起來觀察的？樓梯後面、停車場車子後面、公寓的牆與鄰屋分界的空心磚牆之間的縫隙？好像都馬上就會被發現。

平板再次響了一聲，我看到佛萊迪新ＰＯ的野貓照片。他就快到了。我把平板設為靜音模式，不管三七二十一跑上樓梯直奔三樓。301號、302號、303號。303號的歐巴桑說過「302號今天應該也不在哦」。沒人的隔壁房間，那是我唯一的去處了。

我摸摸長褲的口袋，掏出髮夾。這不是能公開自豪的事，不過只要有一根髮夾，我就能打開老式的鎖。當我握住門把準備插進鑰匙孔的時候，不禁「啊！」地輕呼一聲。門把毫無阻力地轉動了。就這樣往外一拉，門便悄然無聲地打開。溫熱的空氣從昏暗的空間湧出，撫上我的臉頰。

還來不及確認裡面是不是有人，就聽到有人上樓的腳步聲。我趕緊溜進302號裡關上門，豎起耳朵。腳步聲越來越近，但停在右側。我一面為腳步聲的主人不是住這個房間而鬆了一口氣，一面為開門聲、有人進入隔壁的動靜而心臟猛跳。

佛萊迪回來了。我不由自主地，露出志得意滿的笑。

我這個興趣雖然持續了很長一段時間，但在隔壁觀察還是破天荒頭一遭。也許我應該感謝偷拍魔讓我誤打誤撞得到這寶貴的體驗。我猶豫著要不要開燈，但怕有人起疑，於是決定只開手機的照明。我將白得讓眼睛作痛的光源放在走廊正中央，躡手躡腳地走向起居室，在暗如海底的一角蹲下來，把耳朵貼在與301相連的牆壁上。

平板上顯示著佛萊迪的最新PO文「回到家了！好累！」。我對自己高強的追蹤能力和滑壘成功非常滿意，得意地笑著先掉關NEXT的App，環視這個房間一周。

屋內空空如也，沒有任何家具。歐巴桑說住戶不在，但我看應該是已經搬走了。沒有茶几沒有床也沒有窗簾，敞開的壁櫃裡也沒有棉被鋪蓋。難怪信箱裡塞滿傳單。如果是沒跟 303 號的歐巴桑打過招呼就搬走，那麼這傢伙八成不怎麼跟人來往。

我打了一個大哈欠，拿起平板打算打開 NEXT 的 App。隔著牆傳來的聲響相當令人愉快。但，我對佛萊迪的興趣已經比剛才淡了許多，這裡應該可以說是終點了吧。但 NEXT 應該還有很多金礦待我發掘。

但是打開了 NEXT 的 App，我卻一驚停了手。有人要求追蹤我。社群網站基本上誰都可以追蹤，所以這沒有什麼好奇怪的。但是「鷹眼」幾乎從不投稿，鎖住閱覽權限，追蹤需要經過同意，如果有人提出我也都置之不理。但這個提出的人

帳戶名稱是「REC」。大頭貼是顯示為錄影中的紅色燈號，是偷拍魔。他竟然盯住我了。

到底是怎麼做到的？我應該沒有留下任何足跡才對啊。

這時候傳來了REC的新貼文。眼熟的公寓外觀，相連的三戶中唯有中央的房間像在黑暗中打開手電筒般，有著蒼白的光。影片附有說明。

『你就是「跟蹤狂」嗎？目標是隔壁的「佛萊迪」？』

「馬的！」

不由自主將平板高高舉起的我，拚命壓抑想砸爛平板的衝動。他拍的是這個房間，是我失算了。我不該因為黑暗而打開手機的照明的。我明知道有人在監視整棟公寓的——不，慢著。

我抬頭看房間。面向雜木林的陽台的落地窗上，有一台機型有點舊的空調，大概是當初房子蓋好時附帶的設備。我拿平板對準空調，利用液晶的光查看空調四周。有了，一台小型的相機。

「喂，你看得到嗎？白——痴！」

我朝攝影機揮手，把舌頭伸得老長。只有腦袋壞掉了才會偷拍這種空屋，但現在我佔了地利之便。我大可拆了你盯上的寶貝房間。

我在NEXT反過來追蹤REC，威脅他「我把攝影機拆下來丟給你哦」。但REC卻說了莫名其妙的話。

『你不是綁架我弟的那夥人嗎？』

『蛤？』

『這房間本來是我弟住的。你的事我是聽我弟說的。包括你在NEXT的帳號，還有你是個噁心的跟蹤狂。』

『莫名其妙。』

真是夠了，就不會給點正常的評語嗎？我手指滑到輸入欄，打『要不是你來鬧我，我早就走了。反正我對佛萊迪已經膩了』回他。

對，我對佛萊迪已經膩了——但是。我開始對偷拍魔感興趣了。

『我說你啊，拍一個沒人的房間是想怎樣？這裡會鬧鬼嗎？你是靈異迷？』

偷拍魔接著回答我。

『就算你膩了，他們對你可還沒膩。』

來了，這傢伙還真的是外星來的欸。隔壁佛萊迪的房間響起電視的聲音，可以聽到綜藝節目的笑聲悶悶的傳過來。我的拇指在平板上快速移動。

『「他們」是誰啊？所以你不是信幽靈，是信陰謀論嗎？』

但偷拍魔沒有回。我火大了，就從口袋裡拿出抽菸用的打火機點了火，要去燒攝影機。於是立刻有回應。

『別鬧，不要碰那台攝影機。我和他們簽約了——他們要我監視這個房間，不然就不保證我弟的安全。』

『你弟？剛才你也提到他。是租這個房間的人？』

『對。我一直在等我弟。』

『是因為你一直偷拍這裡他才跑掉的吧？噁不噁心啊你。』

結果偷拍魔沉默了二十秒，才說『我不是偷拍。我弟被綁走了，只留下一句「幫我偷拍這個房間」。那之後我弟有時候會跟我聯絡，我就照他的指示做』，然後從 NEXT 傳語音檔過來。

「公司盯上我了。哥，拜託，幫我監視。」

好像是有什麼雜音，聲音音質很差，但聽得出很著急。這是怎麼回事？

『你弟只拜託你偷拍房間就被綁架了？』

我這樣一問，偷拍魔回答說『對』。

『我弟很懂我。他拍的雖然比不上我，但常給我看他拍的照片。他是換新公司才搬到這裡來的——但那家公司很不妙。不知道為什麼他就被帶走了。』

就算看了空調旁裝的攝影機，鏡頭也不會流露出任何感情，但偷拍魔似乎是真心這麼認為的。看我沒有回應，偷拍魔就繼續向我傾訴。

也就是說，他弟弟還活著。只要他繼續監視這個房間，他們就會讓他活著。

『這是測驗。看我能不能好好監視這裡……』

偷拍魔說他的興趣一直就是攝影，特別喜歡小型相機和無線電。關於他把興趣追求到極致結果變成偷拍魔這一點，我自己心裡也有數，所以實在無法批評。總之，偷拍魔除了攝影和偷拍以外沒有任何能力，只有弟弟會誇獎他。

『不管是測驗還是什麼，我都要保護他、救他。只有我才辦得到。』

偷拍魔大概是以電影裡的男主角自居，傳了跟他體味一樣臭的文過來。不過我覺得也難怪他啦，畢竟他弟是世上唯一理解他的人。

『剛才他傳了這個過來。』

說完，他又傳了錄音檔過來。跟剛才他說是他弟的聲音一樣。

『其實是有新的人進來了。我要你盯著那個人。不然我又會有危險……』

蛤？——我想。真的是蛤？這已經不止是有印象了，根本就是剛才在咖啡店看到的那個上班族嘛。我正想傳訊息跟他說你弟活跳跳的，但赫然驚覺。音質完全不一樣。那個上班族的聲音粗粗的，而這個錄音檔的聲音滑滑的，還很年輕。

現在到底是怎麼回事？正當我腦子煩惱得快炸的時候，偷拍魔傳了NEXT的貼文過來。看來告訴網路白痴哥哥有NEXT的是弟弟，而他一直到三個月之前還正常PO文。在這裡的電影院看了電影啦，在商店街吃了可樂餅啦，說的都是一些很家常的話。從他們的對話看來，是兩個感情不錯的兄弟。

可是有點怪怪的。三個月前弟弟說他在這裡的電影院看的電影是《佛萊迪大戰傑森之開膛破肚》。這可不是說「又來了，怎麼跟佛萊迪一樣啊」的時候。舊片重新上映頂多一個禮拜，再長也不會超過一個月。就算這裡再怎麼鄉下，也不可能連續三個月都播《佛萊迪大戰傑森之開膛破肚》，那電影院也未免太會擺爛。

而且，PO文都只有文字。這年頭在社群網站上還有人完全不PO照片的嗎？而且對方是感情很好的哥哥，會拍新住處的照片給哥哥看才是人之常情。

『我說啊，我不太懂你弟被綁那些事，不過你不覺得這地方還有你弟在

NEXT裡的帳號都怪怪的嗎？』

我把這段訊息傳給偷拍魔的那一刻，平板的液晶畫面突然全黑。關機了。而且手機也同時斷了，照明消失了。

奇怪，應該還有電才對啊。我從公事包裡拿出充電線接起來，卻完全沒有反應。原來這房間根本沒電喔？我把電燈開關卡喊卡喊按了半天，天花板的電燈都沒亮。

當我與偷拍魔的交談被打斷，忽然被拉回現實，就發現四周格外安靜。隔著薄薄的牆聽到的電視節目聲也不知不覺消失了，連個咳嗽聲、說話聲、走路聲都聽不見。另一邊的住戶如何？但那邊也一樣，我把耳朵貼在牆上，也聽不見半點聲響。歐巴桑和年輕女子平常都怎麼生活的啊——在這個問題之前，她們真的住這裡嗎？

窗外是雜木林，路燈也很少，一入夜就什麼都看不到。我覺得背上一陣寒意，盡可能安靜地退到玄關，轉動門把。但門發出叩的一聲，好像卡到什麼不動了。是鎖住了嗎？我把內側的鎖轉向反方向再推了一次門，只開了一公分左右。一般如果是上了鎖打不開的話，門應該推不出縫隙的。換句話說，是有人上了外面才能打開的鎖。

「喂，有人在那裡嗎？」我擦了冷汗，從門縫小聲問。「偷拍魔嗎？你要惡搞也差不多一點。我要回去了。以後再也不會來。」

然而連一點人的動靜都沒有。陽台的窗也上了輔助鎖打不開。我被關起來了。

「喂，放我出去，放我從這裡出去！你這混蛋給我做什麼好事，馬的，別鬧了！」

我敲門、敲牆、蹬地板。我已經管不了佛萊迪了，要是他能聽見我的聲音來救我更是求之不得。我回到起居室，狂敲右邊和左邊的牆。既然都沒用，那就敲破陽台的玻璃——但這又不是電影，一定會被碎玻璃割到。

即使如此我還是咬了牙，穿上擋風夾克戴起帽子，使出全力扔公事包去打破玻璃。但公事包碰到玻璃就彈回來，很遜地掉在地上。氣昏了頭的我繼續不斷用公事包敲、甚至用腳去踢，玻璃還是文風不動。

「……搞什麼，強化玻璃是膩。一開始就打定主意要關人的嘛。」

因為這一陣大鬧，我肩頭起伏喘著氣，背靠著牆，就這麼滑落到地板癱坐著。我猛抓頭，自問怎麼會落到這個地步。

自從來到這個地方，就一直遇到怪事。偷拍魔當然是其中之一，那家人人都盯著平板或筆電的咖啡店也很怪，車站的收票口也很怪。擅闖雜木林也沒有居民跑出來罵人。說到居民，根本連半個都沒看見。集合式信箱上沒有半戶掛名牌，進了 303 號的歐巴桑和女子現在到哪裡去了？仔細想想，她告訴我 302 號不在，也很像勇者鬥惡龍裡熱心的居民。

「啊！」

變聲器！現在的智慧型手機用個 App 就能改變音質。

偷拍魔傳來的所謂他弟弟的聲音檔——「其實是有新的人進來了。我要你盯著那個人」——那句話百分之兩百是那時候的上班族說的沒錯。哪可能那麼巧，剛好有人說了同樣一句話。上班族把那句話錄下來，用變聲器把聲音弄得像弟弟，再傳給偷拍魔。他在我旁邊操作就是在弄這個。那，那個上班族就是綁架弟弟的犯人？

不——弟弟被綁架這件事本身就很可疑。偷拍魔是真的相信，但他弟弟本人，恐怕是在某處過著平安順遂的每一天。根本沒有去申請 NEXT 的帳號，沒有搬到這裡，也沒有去看二輪的《佛萊迪大戰傑森之開膛破肚》。

弟弟在 NEXT 的帳號本身就是「釣魚帳號」。因為，那個帳號連一張照片都沒有上傳。

無論推特也好、ＩＧ也好，在這照片大戰的社群網路時代，為何不上傳照片？如果不是不上傳而是無法上傳呢？對攝影很在行的人，一看就知道是誰拍的。尤其是那個執拗的哥哥，一定很清楚弟弟拍的照片是什麼樣子吧？要是偽裝，應該一張就會被看穿。偽裝成弟弟的釣魚帳號就避開了這個風險。

偷拍魔只懂攝影和偷拍的技術。對網路，並沒有比會被網路詐騙的中年大叔熟悉。所以才沒有注意到那是釣魚網站，傻傻地跑來這裡，照吩咐一直窩在那裡玩他的偷拍遊戲。

對，而我也一樣，傻傻地跑來了。

一開始我一直以為是佛萊迪的貼文出現在我面前，但不是的。是NEXT。我太笨了。既然有那麼大又那麼優秀的服務出現，網路新聞一定會熱烈討論，我的天線不可能沒接收到，而我卻忽略了這一點。

因為，那個NEXT，就是專為釣我和偷拍魔這種人的地下社群網站。

ＰＯ文的幾乎都是bot網路機器人，擠滿了釣魚帳號。佛萊迪也是釣魚帳號之一。根本沒有實體，是專門為了把我騙到這裡而製造出來的。

做出這個結論——我自己笑了：「實在太蠢了。」

誰會去做這麼費事的事啊，到底？NEXT的那個系統，就算使用者幾乎都是空殼的bot，實際帳號不到一成，光是要做出個樣子應該也會耗費不少人力物力。應該是說，就是因為這樣我才會相信的，但他們不可能為了我和偷拍魔就投入如此龐大的金錢和勞力。就算有人把我和陰鬱的跟蹤狂混為一談，要將我繩之以法，又何必費這麼大的事，報警就好了。

那麼，為什麼要如此大費周章？

結果想了半天還是回到同樣的問題，讓我頭好痛。我一直以為詐騙通常是不太需要本錢的，但也許時代已經不同了。

『NEXT，你到底想要我做什麼？難不成是要把我關在這裡，把我改造成擁有正確網路素養的正派人物，不再去追查別人？』

沒想到，本來暗掉的平板亮起來，自動重新開機。接著我聽到出站時的那個滴溜滴溜聲，我明明沒碰，NEXT的App就開啟了。

來了一則新的留言。留言的不是偷拍魔，是佛萊迪。

『很優秀的推理能力。你找到我的住處，我很高興。』

「哪裡。你才是演技高強。我被騙了。想一想你根本完全沒露臉，我甚至連剛才回來的人的影子都沒看到。沒看出是釣魚帳號是我太大意了。」

不知何時麥克風打開了，我說的話直接變成語音輸入留言。還不用我自己動手，真是多謝了。

『在進入正題之前我想先問清楚，你想培養網路素養？』

「怎麼可能。我看起來像嗎？」

『聽你這麼說我就放心了。我是怕你跟REC談過以後，認定我們是敵人，那就麻煩了。而且要是你因為這樣而洗手不再當跟蹤狂，那就真的很抱歉了。』

我才剛掃視完佛萊迪的留言，玄關的門鈴就響了。叮咚。叮咚——。我趕緊站起來，跑過根本用不著跑的短短走廊。但門還是一樣打不開。

「喂，什麼意思啦！」

這時門上的收報口開了一下，一個厚厚的信封滑進內側。我彎腰抽出來，那個有防震功能的信封裡，裝了一台筆電，還貼了有 Wi-Fi 密碼的便條紙。筆電雖是全新的，但一啟動我嚇了一跳。因為和我平常用的幾乎一模一樣。無論是型號還是軟體、桌面上的圖示等等，全都重裝上去了。差就只差在少了我工作畫的插圖那些。

『打開裡面的「List」。』

我照他說的，從桌面的 command 裡點開了「list」。數不清的資料立刻從上往下流洩。

『都看好了?這就是交給你的頭一批任務。我們希望你查出單子上列出的人住在哪裡、生態如何。』

「……你說什麼?」

『就是人類觀察啊,你不是很愛嗎?』

所謂的啞口無言就是我現在這樣吧?要撈個資去換錢嗎?別鬧了。

「難不成你用釣魚帳號把我騙來關就為了這個?」

『不行嗎?喜歡的事應該再多都不嫌煩才對。』

「那也是有限度的。再說沒有報酬 」

『怎麼會沒有報酬呢。有報酬,供住宿附家具,供三餐還附午睡。條件優渥。首先請你住在這間公寓,以後隨著技術升級,住處也會升級。而且,名單裡的觀察對象有一般民眾也有名人,做起來應該很有成就感。你一定會樂在其中的。』

這段留言還附了照片。從佛萊迪的帳號發過來的。那張照片裡的人，脖子以下是發達的筋肉，和瘦巴巴的我不同。但這次的照片並沒有馬賽克，臉看得清清楚楚。而且那張臉，品味惡劣到極點。

「這是怎樣？超噁的好嗎。」

那是我的臉。不是一般的樣子。是巧妙的增添了皺紋，但表情柔和許多，大約是多了十歲的我的臉。還把頭髮留長耍帥。

『我們借用了你的臉部照片加工的。很不錯吧？』

「很不舒服。」

下一則則是附了影片。我一面覺得煩，卻又敵不過好奇心，按了播放。上了年紀的未來的自己微微一笑，以機器加工後的聲音說：

『在這裡和我們一起工作，就能擁有如此美好的未來。這是個好地方，空氣好，沒有任何煩人的事物。可以盡情沉浸在網路裡，也可以從事農業體驗和主動學習。』

「如果我說我不要呢？」

『你沒有選擇。反正你已經無法離開這裡了。』

「蛤啊？」

『車站的拱門啊。你離開的時候不是響了嗎？你在那裡就已經被掃描了，要是逃走，與你相關的資料轉眼就會洩漏給全世界。』

「……那是犯法的吧！」

『這話你也好意思說？你以為我們是幫助你走上正派人生的大好人嗎？開玩笑。壞人自己就要互相幫助嘛。大家同心協力，就能成就大事。這是投資。不過我們都對人口流失超嚴重的城鄉自治單位說這是振興鄉鎮的一環。』

「難道這裡的人都是——」

『嗯，絕大多數都是。應我們之邀留在這裡工作。大家都帶著平板或筆電吧？你要不要也一起來？我想為了你自己好，最好不要拒絕，而且這樣人生也比較愉快。』

我抱著頭。這是絕對不能答應的案子。可是對一個擁有不可告人的興趣的人而言，沒有比資料外洩更可怕的事了。我自己做的事遊走在犯罪邊緣，這一點自知之明我還是有的。萬一資料外洩，我的興趣被身邊的人知道了，就算逃得過法律制裁，也一定會被社會判死刑。

「那個上班族，該不會就是你吧？佛萊迪。」

『哦，不是的。那個只是演員。我們也有各種類型的演員，為了把 REC 留在這裡，我們用了音質和他弟弟有點像的人。想說順便請他監視你，要他進了咖啡店，結果靠太近反而造成了反效果。』

「哪有監視的跑來坐旁邊的。」

『別計較這麼多嘛，我們也不完美啊。不過就結果而言，你回公寓了，我本來想利用佛萊迪的貼文引起你的興趣的，不過好像有什麼事更讓你好奇對吧？』

「……我是想設法趕走偷拍魔。」

『千萬不要啊，他可是重要的監視者。新來的人我們會請他住在這個房間。再請 REC 觀察其中的情況。如果沒有問題，就可以搬到下一間更大的公寓。』

「這麼說，難道你們到現在還沒有跟那個偷拍魔解釋原委，一直讓他擔心他弟弟把他留在那裡？」

『沒辦法啊。REC 很死心眼，不會聽我們解釋。他現在自以為成了間諜片裡的英雄，為了救弟弟監視這個房間。其實他弟弟明明就在別的地方活得好好的。』

「他相信他弟弟會回來欸！」

『這我們也沒辦法啊，他就是被那種想像附身了。以弟弟當餌把事情弄得無法轉圜是我們的失誤，不過這種事在所難免。要這樣繼續演哦。反正他也能當他的英雄，不是雙贏嗎？』

「要是他發現真相，去找真正的弟弟呢？」

『放心吧，他也已經掃描過了，這裡的實情不會有人相信的。再說，萬一他想更生我們就會處分他。……你放心，別一臉絕望的樣子，工作五年之後就可以購買離開這裡重獲自由的權利了。不過一旦洩漏機密就立刻處以釋出資料的刑罰。所以你好好工作，好好賺錢吧！』

說完，畫面就變成全白，NEXT就消失了。App也突然不見了，從設定去找，連曾經下載的痕跡都沒有留下。

第二天早上，門終於開了，家具送進了302號。來了一大批搬家公司的人，幫房間擺好了床啊、折疊式茶几啊，和室椅什麼的。簡直複製了佛萊迪PO的照片裡的房間。

一到外面，之前走進303號的歐巴桑在一樓的停車場。脖子圍著白色的披肩，站在她旁邊的人正在幫她補妝。那個跟她一點都不像的女子站在她身後，不高興地說著：

「昨天阿姨真是的，把台詞說錯了。應該說空屋的，卻說成不在。」

「哎喲，不過就是一點小失誤嘛。工作人員，我可是名演員，你們大可放心。」

聽到這些話，有一瞬間我心想，要是一切都是演的，是在拍電視劇該有多好。但看到笑咪咪地聽她們說話的工作人員左臂上都別著「NEXT」的臂章，我就洩氣了。這裡看來是平常的人，其實全都是暗樁。歐巴桑也好，那個上班族也好，大家跟釣魚帳號都是一夥的。

我照佛萊迪說的，開始工作。數量多得要死的人類觀察，老實說，一點都不好玩。什麼刺激都感覺不到，如今，曾經那麼狂熱地追社群網站的日子，簡直像一場夢。

有時候，我會抬頭看空調。旁邊的小型攝影機仍裝在那裡沒有拆下來。看我住在弟弟應該要回來的房間裡，他心裡作何感想呢？一想到他就在那個鏡頭之後，就覺得我還不是最慘的。

不，或許偷拍魔看著我，心裡正想著他自己不是最慘的也不一定。

饑奇譚。

カミサマはそういない

椿象緩緩從我腳上爬過。鼓鼓的身體扭呀扭的，爬過我的小趾、橡膠拖鞋的鞋帶，然後走向腳背。

在廚房灑落的方形燈光裡時，椿象顯得黃黃的，一走進蹲著的我的黑影裡，綠色就變濃。動來動去的讓我很癢。再繼續走下去，就會到我的腳踝。是打算爬上脛骨到膝蓋來嗎？

椿象不知道，牠此刻在爬的地方是個力大無窮的怪物的腳，只要怪物一個心情不好，一眨眼就能殺了牠。但我不會殺椿象。

椿象抵達腳踝的凹處後，或許終於發現自己是在人類身上，換個方向，翅膀一張就飛走了。飛過建築物與建築物之間的一絲縫隙——攀附在牆上的水管與排氣管四周、密集的招牌、從漆黑的上方不斷落下的髒雨滴，椿象穿過這些飛走了。

我茫然地仰望椿象飛走的那一方。每一扇窗畔都裝設的抽風機，正嗡嗡作響地轉動著螺旋扇葉。牆的突出處或欄杆拉出的晾衣繩上，永遠掛著茶巾、床單、衛生褲之類的，滴滴答答滴著水。

椿象飛得比四處橫陳的霓虹燈還高。飛得比發條行的藍色招牌、蜥蜴肉鋪的紅色招牌、賣炭的黃色招牌、理髮店的粉紅色招牌更高更遠。椿象一定是在這些連我也不知道高到何處的建築物的終點才會停下來。

就這麼看著，上方的水管噗哧一聲噴出蒸氣，種在旁邊的樹的葉子全都濕了。另一個方向有人開始吵鬧，獾肉店的窗戶開了，大媽探出頭來朝對面龜裂的窗子大叫。這是再尋常也不過的光景。用毛巾蒙著臉的賣炭烤的人從我眼前經過。推著附煙囪的推車叫賣的聲音，和他的外表一樣被煙熏過。

大家都把這裡叫作「底層」。不過住在建築物上方的人也叫自己住的地方「底層」，所以我不知道哪裡才是真正的「底層」。對了，人孔蓋底下也是「底層」，不過我都稱為「更底層」。

「底層」的相反是「上層」。不過誰也沒看過「真正的上層」。「真正的上層」每年會有一次「大放送」。

而明天正好就是那個日子。

我在廚房後門的屋簷下，蒼蠅群聚的廚餘桶旁，抓著脛骨上結的痂。指甲縫裡積了死皮，我便用拇指的指甲摳出來。身後，傳來爸爸用菜刀拍碎什麼的聲音、用油脂炒東西的聲音、鐵鍋摩擦瓦斯爐的聲音，以及客人的笑聲。魚和仿雞骨湯，加上魚露那強烈的味道加在一起，把這附近的晾洗衣物也好、牆壁也好、人也好、空氣也好、雨也好，全都熏成同一個味道。不過無論走到哪裡都是這樣，所以大家也不以為意。

我家的客人吃完飯，通常都是用牙籤剔著牙，到對面茶鋪的圓塑膠椅坐下，悠閒地喝茶。路很窄，走四大步就到了。

雨下個不停。屋簷很小，所以腳一伸就會淋到雨。不過沒人撐傘，因為撐傘巷子就滿了，所以大家都淋雨走路。行人常往這邊看。不過絕大多數都是對我身後的餐廳感興趣。

今天是「大放送」的前一天，客人絡繹不絕。人人都想在胃裡塞點東西。爸爸一道菜接著一道菜做，巨大的身軀噴出來的汗也一起下鍋，由刺蝟頭女店員上菜。不過還沒有我的事。

一直抓脛骨上的痂，結果流血了。我心想不該再抓了，抬起頭就看到對面茶鋪與外梯之間的縫裡，有六隻眼睛在發光，是三個髒兮兮的小孩。我的心口立刻陣陣作痛。他們一定餓了。不過不行，我得把他們趕走——我拾起路邊的小石頭。這時候，正上方響起一個聲音。

「好啦，給我們吃的嘛。」

我一驚抬頭看。二樓鐵梯的平台上，又有另一個小孩。他是常在這附近晃的流浪兒。短短的平頭，鼻子底下有擦掉泛綠鼻涕的痕跡。我搖搖頭說不行，那小子只是吊兒郎當地笑著，不走。

「為什麼？你以前都會給我們。」

「走開啦！」

「大家都以為來這裡就能討到剩飯。你這混帳要辜負大家嗎？」

「我沒有辜負誰。今年起就是不行。不給。」

「沒良心！你聽了這首歌還不給？——『大放送』前一晚一定要吃飽喝足！」

「吵死了！」

我秀出手裡的小石頭，做出丟擲的樣子。但他無動於衷。以為我不是認真的。我把牙一咬，煩惱地舉起手——這時候，近旁有人說話。

「那，我去跑一趟。」

年輕的外送員「阿下」從我家餐廳出來，又白又直的腿正要跨上小綿羊機車。這或許嚇到了上面那個孩子，只聽見有人從鐵梯上跑遠的聲音，往上一看，他已經不在那裡了。

送貨用的小綿羊車斗上有個鐵製的天秤鉤。從後門出來的刺蝟頭女店員，把一個鼓鼓的針織袋掛在上面。裡面裝的是要外送的菜。

「可不許偷摸帳款哦。」

刺蝟頭對阿下說：

「才不會呢。」

「明天就是『大放送』了。要讓那些賒帳的人好好吃飽，別讓他們趁機消失了事。」

「好——。」

阿下慢吞吞地回答，在她綁了兩條辮子的頭上戴上安全帽，催動引擎駛過濕漉漉的路。我縮起脖子躲在藍色的廚餘塑膠桶後面。因為刺蝟頭心情不好會揍我。

「喂，你啊。」

被發現了。我不情不願地抬頭，她碩大的胸部從橘色的坦克背心突出來。我好幾次看到爸爸在打烊後的餐廳裡揉這對巨乳。

「好了，你媽媽吃飯的時間到了。不快點端去我揍你哦！」

刺蝟頭身後的吧檯上，媽媽用的白碗正冒著熱氣。爸爸看也不看這邊。又圓又厚的背朝向我，專心面對鐵鍋。

我閃躲著撲來的飛蛾，一步步慢慢爬上又濕又暗的柏油樓梯。陶碗太燙，只能端著最最邊緣的地方，不然很可能會端不住。我也不知道爸爸到底是為了媽媽才做熱騰騰的湯品，還是為了讓我燙傷。碗裡盛的是地筍和滷的炸仿雞。有一點點粥沉在下面，圓圓的油水浮在表面，上面撒了綠色的蔥。我心窩緊了一下覺得又酸又苦，想起自己也餓著肚子。

灰色的牆和樓梯的雨漬，讓每個地方都黑黑的。我跨過從集水管唏哩哩溢出來的水，進了二樓。昏暗的走廊上，半開的門傳出吵架聲，肥老鼠從滾在地上的水桶蹦出來，逃往巢穴。門閂攤的老爺爺拿把手當牆，靠在上面睡得打鼾。賣小鳥的門前擺了好多鳥籠，水藍、黃色、粉紅色等色彩鮮豔的小鳥，將鳥嘴埋在羽毛裡。在那旁邊，是一袋袋裝了水，沉甸甸、鼓膨膨的金魚。

樓梯不僅外面有，裡面也很多，不熟悉這裡的外人常會迷路。不過，在這裡住得比我久得多的婆婆，也時不時便一臉茫然地發呆，像我媽媽現在也不認得路了。

我穿過門閂攤和寫字行的招牌，鑽也似地爬上狹窄的樓梯，到了媽媽所在的病房。

這裡總是充斥著香的味道。每個房間都非常小，像蜂窩般縱橫排列，只容人橫躺。就連要在裡面坐起來都得大費周章，不低頭彎腰連吃飯都不能好好吃。我移動架在這蜂窩上的梯子，移到媽媽臥病的病房，小心翼翼地端著碗，單手爬上梯子，掀起雙層蚊帳。

「媽媽，妳在睡嗎？」

這是個安靜又乾淨的洞穴。用來取代門的蚊帳之後，透出模糊的輪廓。從被窩裡抬起上半身的媽媽面向這邊。我先把碗放在地上，從藥櫃裡拿出瓦斯燈和火柴，點了燈。瓦斯燈發出轟轟聲，升起細細的橘色火焰。於是，媽媽消瘦的臉頰、大大的眼睛、長長的頭髮便出現了。

「媽媽，吃飯了。」

來這裡的路上有不少雨滴落入碗裡，溫度降了很多，我把碗放在被窩旁。碗一離手我馬上握拳，不讓媽媽發現我在發抖。

「吃吧。」

「你吃過了嗎？」

媽媽以鈴聲般的聲音說話。

「不要只顧著給我送吃的，也要給其他孩子吃。明天就是『大放送』了吧？你不說我也知道。」

是的，明天的確是「大放送」的日子。但在媽媽口中，一年一度的「大放送」每天都會發生，同樣的話她已經說了幾百次，明天也一定會再說。

蠟一般蒼白的手，瘦得彷彿可以看到底下的骨頭的手，從黑暗的那頭伸出來將碗往我這邊推回來。我能做的，只有留下碗離開這裡。

媽媽的眼睛發出異光。

「還有別的孩子在挨餓吧，有很多孩子在挨餓。我們家是賣吃的，有很多吃的，要給他們。」

媽媽的聲音越來越高，簡直要破了。

「你是個善良的孩子不是嗎？善良的孩子，也要給其他孩子吃的不是嗎？」

我只能等風暴平息。碗裡的油在晃。

媽媽以厲聲尖叫後，便大口吐氣垂下頭，長長的頭髮蓋住臉。我趁這個時候輕輕往後退，不發出任何聲響地下了梯子。雖然還能聽到唸唸有詞的聲音，但我要在被那些吞沒前離開蜂窩病房。

媽媽會變成這樣，都是我害的。

「大放送」是一年一次，所以正好過了一年。那天，為了不讓任何人餓著肚子迎接「大放送」這一天，我甚至在店門前喊「有人肚子餓嗎？要吃飯嗎？」所以餓著肚子的人來討剩飯我也不會罵，要是有孤兒看著我，我還會主動端飯過去。

我心裡很急。一顆不安的種子在內心蠢蠢欲動。因為一對平常會來要飯的年幼兄弟，那天偏偏沒有來。一直等到打烊前夕還是沒來。

第二天馬上就要到了。我拿著一碗剩飯去找他們兄弟。

我在迷宮般的建築物裡到處找，終於在鍋爐室見到他們倆時，這一天就要結束了。原來是鍋爐壞了傾倒，哥哥腳受了傷不能走，所以他們無法來。我讓他們倆吃了東西，自己也為了保險起見吃了一點。那時，第二天到了。「大放送」開始了。

我處理了傷口，送他們去睡覺的地方，然後才沿來路返回，所以等我到家時已經過了二個小時。然後一回到家，爸爸就說，舅舅到外面去找我，曬到了累積一整年的太陽，瞬間就被燒融了。媽媽一直在爸爸後面大叫。本來是擔心我出事，結果我毫髮無傷，去送飯給流浪兒童回來，所以媽媽大叫是因為舅舅白死了。沒有任何人說根本是「大放送」不對。

失去了最愛的哥哥，媽媽從此動不動就對我說「去施捨」。說「施捨是正確又高貴的行為，犧牲你舅舅也在所不惜不是嗎？」。

進了病房以後，媽媽東說西說卻總是會吃飯。相反的，現在的我餓著肚子。

從媽媽的病房出來回到店裡，裡面很暗，客人都走了。鑲了毛玻璃的拉門之後，只透出一盞瓦斯燈的橘光，刺蝟頭輕笑著，爸爸低低呻吟，又有桌椅卡嗒卡嗒的聲響。這樣我就不能進廚房了。

本來想要不要去對面茶鋪要一點粥，但建築物的門已經上了鎖，出不去。只有爸爸有鑰匙，沒辦法，我只好從門上的窗戶看外面。茶鋪老闆正忙著拿生鏽的鐵皮擋雨板把店四周圍起來。

路上空蕩蕩的，已經沒有人了。大家都在「大放送」前吃得飽飽的回家了吧。其他家家戶戶也是拿木板啦、窗簾啦、報紙什麼的塞門窗，免得「大放送」的光透進來。外面幾乎看不到人影和燈光。

這時候，傳來小綿羊的引擎聲，去外送的阿下回來了。我叩叩敲著窗上的玻璃，敲到阿下注意到我，我對推著小綿羊過來的她說「給我一點東西吃」。

「我好餓，我錯過晚飯了。」

「抱歉，我什麼都沒有了。」

隔著窗，阿下同情地搖頭，看了看店那邊。就算我不是算命師，也知道她藏在嘆息之下的話是同情。

「剩飯也沒關係，從門底下塞進來。」

「廚餘桶是空的。剛才剩飯推車從我旁邊過去，我想是你爸爸賣掉了。」

「……是嗎？」

「抱歉啊。那個『大放送』……應該不會有事的。不會死人的。明天你再叫你爸爸給你吃的。」

阿下說完準備要走。我不由自主地叫住她。

「等等！今天馬上就要過了……」

只見阿下狡獪一笑，一臉壞心眼地折回來。

「你會怕？怕『大放送』的詛咒？你相信那首歌？」

「刺蝟頭也這麼說啊！她說，要吃飽，才不會被『大放送』消失。」

「那只是欠了債的人利用迷信逃債啦。我就不知道有哪個人因為在『大放送』之前餓著肚子就消失了。」

「真的？」

「真的啊。那是迷信。大家都被騙了。好了，快去睡吧！」

這次阿下真的走了。

店裡那邊，爸爸的聲音和女人的纏在一起，玻璃門卡嗒卡嗒地震動。我只好餓著肚子回家。

家就在廚房和樓梯之間那道窄窄的走廊的盡頭，凹得很嚴重的三扇門的其中一扇。精確地說，是正中央那扇綠色的門。對面牆上有兩條水管，一個水龍頭塗了紅漆，一個塗了藍漆。將一般的水，和後門鍋爐煮開的熱水引到這裡，附近的人都會拿臉盆來洗澡。現在是住在旁邊的婆婆正在洗，我儘量不去看皺巴巴活像乾掉的茄子的胸部，從她後面走過。

打開家門，穿著拖鞋就直接進屋，用往洗澡區突出去的長柄勺接了水龍頭的水，直接喝。果然還是騙不了咕嚕咕嚕叫的肚子。我忍不住想，要是把媽媽的餐吃掉就好了，然後趕緊搖頭甩掉這個念頭。會被阿下笑的。什麼都不吃地過完明天，到了後天，我就要向阿下炫耀，說我真的餓著肚子過了「大放送」那天。

「『大放送』前一晚一定要吃飽喝足。」

我也哼起了孤兒在店門前意有所指地唱著玩的歌。

「否則你就會消失，誰也看不見。」

我的聲音迴響之後消失了。我是聽說過「大放送」第二天，住在茶屋路賣溜溜球的大哥不見了從此沒有回來、紫色霓虹燈很俗豔的妓院的姐姐一次三個人失蹤。不過有人不見是家常便飯，在「大放送」當中外出才更糟。會像我舅舅那樣被燒成黑炭。

「睡吧。」

我在空無一人的房間裡自言自語，爬上掛在房間裡的吊床。因為柏油地板被水管的滲水和流進來的雨弄得濕濕的，實在不能睡人，所以住一樓的人都是像這樣睡吊床的。

遠遠的鐘響了，是宣告夜晚來臨的聲音。剛才響了九下，等響了十二下就是「明天」。我們都是靠那口鐘知道時間的。老人家說，以前到了早上太陽就會從東邊升起，到了晚上就會從西邊落下，但我覺得那是騙人的。太陽只有每年在「大放送」的時候會亮，而且那麼可怕的太陽不可能每天都出現。

爸爸今天一定也打算睡廚房吧。我在掛在半空中晃來晃去的吊床裡一翻身，肚子就咕嚕叫了一聲。

也許，歌唱的是真的。我消失也沒有半個人會傷心，總比明天、後天和以後的每一天都要給媽媽送飯，每次都想起舅舅來得好。

我閉上眼睛面對黑暗。幾絲扭來扭去的光在黑暗中浮現又消失，後來我就分不出是夢還是現實了。

鐘響了十二下。

「今天是『大放送』的日子，嚴禁外出，嚴禁外出。違規者自求多福。重複一遍，今天是『大放送』的日子，嚴禁外出……」

廣播當中，卡啦卡啦啪哩啪哩的，到處傳出關門關窗拉鐵門等等所有能遮光的東西動起來的聲響。

我扭動身體，從吊床上滾下床。家裡空空如也，如我所料，爸爸還沒有回來。但我太餓，餓得好想吐。現在應該能進廚房了吧，我想吃點東西，不吃好像會吐胃酸。

「大放送」當天，十二聲鐘響之後，還有一小段空檔。大家可以趁這段空檔做好準備，所以有大叔說「上面人真好」，也有大媽說「才不呢，把人關在這種地方拿光照，簡直沒人性」。

等鐘響十三下，「大放送」就開始，我們只能待在建築物裡。不過沒什麼不方便的。反正只有一天，東西大致都不缺，與旁邊的建築物有蟻穴般的迴廊相連，不用到外面也能去想去的地方，所以大家都照常過。

一出家門，一個光著身子的大叔正在並排的水龍頭前洗澡。一個只穿著內褲的小鬼在他身邊跑來跑去，肩上扛著木箱的流動香菸販子唱歌也似地唸著「香菸，香菸，有沒有人忘了買香菸」，從旁邊經過。我徑直走過通道，往店裡去。

嵌著毛玻璃的拉門後，傳出爸爸響亮鼾聲。我抬起沉重的門，卡嗒卡嗒地拉出一小道縫，把身體擠進去。爸爸睡在店內一角的桌位，右臂攬著刺蝟頭。我躡手躡腳地進了廚房，覺得自己像隻小老鼠，探頭去看擱在瓦斯爐上的鍋子和琺瑯大碗裡有什麼。

我在流理台旁的盤子上發現了油佃煮怪茄。我捏起一塊吸飽了醬汁黑黝黝的怪茄，往嘴裡送——這時，怪茄張開翅膀，在我手裡掙扎起來。是蟑螂，混到怪茄裡去了。我趕緊放手，用抹布擦手指。

這時，第十三下鐘聲響了。

緊接著建築物晃得像是附近發生了爆炸般，頭好昏。光從店裡所有的縫隙射進來——是「大放送」。威力強大，就連鐵皮上的小洞、木板與木板之間漏進來細得像線的光束，都刺眼得令人無法睜眼。持續照到光的牆壁和地板上出現了淺淺的焦痕。

我小心翼翼，盡可能不去看光，這次真的要吃油佃煮怪茄。

然後發現，怪了。

盤子不見了。在盤子裡堆成小丘的黑黝黝的怪茄也忽然無影無蹤。難不成全都是蟑螂？不會吧。

我在廚房桌面上下到處找，也不見怪茄。我試著找別的吃的，卻連一點肉屑、菜渣都不剩，讓人很想吐槽這裡真的是賣吃的嗎？無奈之下，只好去叫醒爸爸跟他要吃的，於是我從廚房的吧檯往店裡看。但爸爸和刺蝟頭都不在。我趕緊從廚房跑出來到處找，但他們兩個都不見了。

我並沒有聽到他們出去的動靜。就算他們沒跟我說就出去，那道沉重的拉門也不可能不發出聲響才對。可是我卻沒聽到。拉門仍是我進來時的樣子，只留著一道小孩子才過得去的縫，一副它什麼都不知道的樣子。那麼窄的門縫爸爸不可能過得去。

我渾身發毛。匆匆奔出店找爸爸。刺蝟頭也可以。可是，濕答答的通道也好，家門口洗澡的地方也好，都沒有人。跑來跑去的小孩、賣香菸的、光著身子的大叔，也像煙一般消失了。

我奔上因為外側鐵門拉下而漆黑的樓梯，跑過門閂攤和寫字行的招牌間的縫隙，爬上梯子去媽媽的病房。本來，如果在平常，蚊帳之後應該是一排排蜂窩般的病床。可是我抵達的，卻是素不相識的一個母親和一個父親，和一個小女孩圍著綠色的矮桌，歡樂地吃著飯的房間。

「那個……不好意思。」

我還爬在梯子上，手扶著地板邊緣，忍不住這樣問，但他們一家三口卻不理我，笑咪咪地繼續聊天。

「結果同班同學就這麼說了。」

「哎呀，妳看妳，醬油都噴到衣服了。吃餃子的時候要小心呀。」

我肚子用力大聲問：

「請問！你們知不知道本來在這裡的病房到哪裡去了？我媽媽呢？」

即使如此，他們三個還是連頭也不回。完全，無動於衷。簡直就像活在另一個世界，在只有他們的房間裡，繼續吃著他們用麵皮包的形似餃子包之類的東西喝著湯。

我死了心下了梯子，懷疑是自己走錯了路，到處找病房。但都找不到，卻發現從來沒見過的鐵門、樓梯，以及沒爬過的梯子。

──「大放送」前一晚一定要吃飽喝足，否則你就會消失，誰也看不見──我心臟猛跳，喘不過氣來。如果照歌詞說的，那我可能已經消失了。可是，我明明看得見，牆、招牌什麼的我也都摸得到。四周圍才奇怪。這裡不是本來的建築，裡面也是不認識的人。就是不對勁。

我發著抖，在樓梯一角的暗處蹲了一陣子。早知道就不要賭氣跟阿下說那種話。我竟然真的去試，真是太傻了。我應該好好吃飯的。可是，等空無一物的肚子叫起來，我就不再想這些了。我設法站起來，去找吃的。

建築物裡，果然處處都變了。本來開了門應該是走廊的，卻變成樓梯，浸麵屋的霓虹招牌卻變成了「去疣、除繭、治虎狼病」的琺瑯招牌。

也可以看到好多讓人目瞪口呆的怪現象。樓梯盡頭突然有堆成高高一疊的骯髒室內鞋。有人用粉筆在牆上劃了無數的線。有灰色的上衣和長褲，樣子就像有人直接倒在地上成了空殼。有時候會看到活生生的人，但要不是轉間就跑掉，就是一動也不動，以散漫不聚焦的眼神靜靜望著半空。

我一邊因這詭異的情景冒著冷汗，一邊在建築物之間移動。不可思議的是，建築物裡面變了這麼多，外面卻仍是「大放送」，強烈的光繼續從細微的縫隙射進來。

我走了多久？我已經不知道爬過多少樓梯、下了多少梯子，走過多少迴廊了。這時，有人叫我。

「喂，小弟弟。」

回頭一看，是一個陌生的老爺爺。他戴著一頂小小的斗笠代替帽子，蓬亂的白髮溢了出來，穿著滿是補丁的外套，背著一個大背包，長褲磨損嚴重，腳上是一雙草鞋。老爺爺腿內八得厲害，全身發出一股椿象般的惡臭。

「……什麼事？」

要是他糾纏我、向我要錢的話，我就全力逃跑。我盡可能保持距離，瞪著他免得被小看了。

「小弟弟家裡是開食堂的吧？」

「咦？」

「對了……慢著，我想想店名。哎，老是忘記不該忘的……對，你是瘦蛇飯屋的孩子。錯不了。」

我瞪大了眼，重新將老爺爺從頭到髒兮兮的腳尖打量一遍。

「……是肥蛇飯屋。」

「對！對對對，沒錯沒錯。我真是的，瘦蛇不就相反了嗎？那家老闆肥滋滋的，把脖子肉切下來燙肯定好吃。」

老爺爺欸嘿嘿地，發出陰森的笑聲。這個人認得我？認得我家的店、認得爸爸？

「……你是誰？」

「我嗎？我啊，以前常在弟弟家的食堂吃飯。」

「是客人？」

「是啊。你們那裡的老闆娘瘦瘦的對不對？長長的頭髮綁成一束，紅色襯衫領口露出尖尖的鎖骨。」

他說的是媽媽。刺蝟頭來之前、我害死舅舅之前的媽媽。見我不作聲，老爺爺大大的黃色眼珠轉了一下。

「不過弟弟，你怎麼會在這裡？我看你是沒吃飯吧？」

我怯怯地點點頭，老先生在我面前呼出椿象味的氣。這個人會不會是靠吃椿象過活的？

「這怎麼行呢。一旦來到『這邊』，就不行了。」

不行了。我一陣反胃，不知道是因為害怕、是肚子餓，還是老爺爺太臭。

「『這邊』是什麼？」

「就是弟弟現在看到的這個世界啊！到處都和原來的建築有所不同吧？餓著肚子迎接『大放送』，就會掉進去。」

「掉進哪裡？怎麼回事？」

「就是『這邊』啊！」

簡直就像在跟我玩腦筋急轉彎，害我頭昏了起來。也不曉得老爺爺知不知道我很煩躁，他只是笑而不答，不僅不答，還用他顛顛的動作準備要走。

「你要去哪裡？」

「哪裡都行。」

「別鬧了好不好！」

「我沒騙你啊。從『這裡』可以去任何地方。」

老爺爺內八還拖著一條腿，橫向晃著身體蹣跚地走。速度卻出乎意料地快，

我趕緊追上去。他背著深綠色的巨大背包，張開雙手以取得平衡，彎曲的膝蓋走得很快，那個背影看起來活像一隻昆蟲，好比椿象之類的。

「可以去任何地方是什麼意思？來到這邊不是就不行了嗎？」

「是不行了，不過不是哪裡都不能去的意思。我們可以去任何地方，但代價是失去原來的樣子。」

「我聽不懂。」

「就是知道太多了。知道的比『上面』的人還多。」

潮濕的柏油牆，啪嘁啪嘁響著似乎隨時都會熄掉的日光燈，複雜交錯的道路和陡急的樓梯。老爺爺鑽過禁止進入的繩子，勾了勾髒兮兮的手指叫我。好香。是偽豬，不然就是有鱗鯰魚的味道。窄到不行的巷子裡有一家簡直像嵌在牆上的

攤販式的店。一群髒髒的人排在紅色布簾下，專心地喝著白色大碗裡的東西。蒸騰的熱氣後，隱約可見這家店老闆的輪廓——蒸氣忽然晃動了，我清楚看見他的樣子。金魚頭。這個人，在人的身體上長了金魚的頭。我嚇了一大跳，差點往後翻倒，還好屁股碰到後面的牆，只是當場蹲下來。

「你可不能吃哦，如果想回你原來的家，就必須忍著餓。這些人已經不打算回去了，所以放心大吃。」

「我才不敢吃！那種金魚頭做的東西！」

我不禁這樣大叫，於是客人們都轉頭往這邊看。

「那小鬼是怎樣？」

「新來的？」

「說那種話，也太沒禮貌了吧。」

被所有人罵，我忍著淚，看到他們吃的冒著熱氣的深紅色塊狀物。我一點也不想知道那究竟是什麼。

老爺爺把我從攤子拉走，悄聲說：

「那家老闆以前很寵愛一隻金魚。但金魚在『大放送』前一天死了，他難過得什麼都吃不下，跑到『這邊』來了。不過有一次他找到金魚活著的時間的門，想帶回『這邊』，結果頭連在一起了。在真正的世界裡，老闆的頭也許正在下水道裡載浮載沉。」

我想像著一個男人的頭浮在積滿污泥的下水道，嗤笑一聲。

「騙人。」

「我沒騙你。不然，弟弟你有什麼別的理由能解釋他為什麼是金魚頭？」

我只能閉嘴。

「世上小小人類不懂的事多了去了。不知道為什麼餓著肚子迎接『大放送』就會跑到這邊來，就連『大放送』，也沒人知道是誰為了什麼射出那種光。大家都習慣了，也沒有人去生氣、去質疑為什麼要做那種事。是有人主張『底層』吃的東西裡含有一些讓人維持正常的成分，不持續吃就會被『大放送』送到『這邊』來，但你要是問我，我倒是相當存疑。」

老爺爺轉身向後，朝一直不時偷瞄這邊的攤販客人狠瞪一眼，客人連忙回去看自己的大碗。

「好了，該走了。我給你帶路。」

「去哪裡？」

「還用問嗎？當然是回去的路。」

「真的回得去？」

老爺爺輕推我的肩，一邊朝走廊深處走。

「真的，你還回得去。不過回去以後會跟以前有點不一樣。這一點是可以去任何地方的代價，你也只能接受。」

一陣寒意竄過我的背脊。

「我也會變成跟剛才那個金魚頭一樣？」

「不是，跟他不一樣。他外表會變得怪模怪樣是因為他硬要把『那邊』的東西帶到『這邊』來，但回『那邊』的時候，是這個會變得不一樣。」

老爺爺的食指咚咚敲了敲胸口。

「不是頭，是身體？」

「不是，是心。外表不會變，但心的形狀會跟以前不同。不過，會變成什麼樣子就要看弟弟自己了。」

走到走廊深處，連「大放送」的光都進不來，暗得連前面有什麼都看不清。風低吼著，像在恐嚇人。回過神我才發現自己牢牢抓著老爺爺的衣角。

「各種不同的時間都在這裡交會。門的後面啦，樓梯盡頭，破布底下，垃圾桶裡面——只要往裡面一看，真正的世界的所有時間碎片都在裡面流動。剛才那個金魚頭也是因為一頭探進藏在門後的過去，才會變成那樣的。對了，你怎麼會在『大放送』前沒吃飯？」

「我本來是要吃的。可是，我正準備要吃的時候，蟑螂混在油佃煮怪茄裡。」

「原來如此。那，你只要回到差點吃到蟑螂之前的世界，好好把怪茄吃下去就行了。在『這邊』什麼都不要吃，回到『那邊』，去吃『那邊』的東西。這樣就沒問題了。」

我的橡膠拖鞋啪嗒啪嗒，老爺爺的草鞋則是發出沙沙磨地聲。不久，黑暗的走廊開始零星出現小但花俏的霓虹招牌。看得懂和看不懂的字擠在一起。

「不要到處亂看。就算看到你好奇的招牌，也絕對不可以停下來。也不要往縫隙裡看。」

老爺爺說。

「為什麼？」

「他們會來引誘你。但是你不要被拐走。你也希望回家以後心越乾淨越好吧？」

乾淨的心——老爺爺一副如果不說「嗯」就會一直盯著我看的樣子，所以我點了頭，但我一點也不想要乾淨的心。

舅舅會死、媽媽會病成那樣，都是我害的。要不是我施捨東西給別人吃，他們兩個現在也都好好的，我也不會在這種地方了。

這時，我忽然注意到一個招牌。以美得要把人吸進去的藍色閃閃發光地寫著「通往那天」。老爺爺沒發現我的手放開了他的衣服，正繼續不斷向前。我獨自停在那裡，注視著「通往那天」。

霓虹燈下有一個小小的、容我一個人通過的縫隙，裡面吹過來的風有令人懷念的味道。是以前媽媽用的軟膏的味道。媽媽在打烊後的店裡唯一亮的那盞白熾燈底下，不知在手上擦過多少次的軟膏的味道。當她轉頭看到我，摸我的臉，就會黏黏的。

我搖搖晃晃地，簡直像被磁鐵吸住般，走過「通往那天」的霓虹招牌下的路。明明暗得什麼都看不到，但或許是風有媽媽的味道，我一點都不怕。老爺爺大概終於發現我不見了，我聽到他的叫聲，但我一點都不想回頭。

眼前突然出現街道，我停下腳步。現在明明應該正值「大放送」，明明在外面，我眼中看到的卻是建築物從上到下密密麻麻的招牌、被雨打濕的窄路、裝了鳥籠似的格子的窗戶、茶鋪冒出的沸水的蒸氣。這裡是我們家店門口。我怯怯地往客滿的熱鬧店裡看，媽媽在。

她纖細的身體俐落地動著，雙手端著熱騰騰冒著煙的盤子，在桌與桌之間迅速移動。黑髮在腦後綁成一束，但落下一縷長長的劉海，每當媽媽一動，便在尖尖的鎖骨那邊搖晃。汗珠在雪白的額頭上發光。

我差點就要衝進去抱住媽媽的腰，卻在門口剎了車。因為應該死去的舅舅在。總是笑容可掬、臉像馬一樣長的舅舅，正在後面的席位招呼常客。

從指尖傳來的拉門木頭的觸感、魚和仿雞骨湯和魚露的味道、餐具交疊碰觸的聲響和客人的喧囂。全都活生生的，不像在做夢。舅舅笑著說「我們要打烊了，大家該回去了」，催喝醉的客人付帳。

真的是過去。時間連接起來了。

我沒看後面就往後退，差點不小心被廚餘桶絆倒，趕緊回頭——然後嚇了一跳。另一個我正從路的另一邊往這裡跑來。

我連忙躲在店的招牌後面，悄悄觀望。老穿著坦克背心和短褲橡膠拖鞋的我，一邊提防著店裡一邊靠近廚餘桶，拿出藏在坦克背心底下的碗。然後打開廚餘桶的蓋子，用手抓了裡面的東西放進碗裡，便迅速回到路上，跑進對面的建築。

我比誰都清楚那是在做什麼，是要拿吃的給孤兒和餓肚子的人。因為我害怕那首歌，害怕有人會消失。換句話說，這是那一天，一年前的「大放送」的前一晚。舅舅被燒死的前一天。

那天的我，難得沒看到總是來店裡乞食的那對孤兒兄弟，十分不安。所以才會用碗盛了剩飯，想找到他們給他們吃——我急匆匆地去追我。我一定要阻止我。我要告訴我，別管孤兒了，別惦記著施捨，乖乖待在家裡。否則舅舅會被燒死，媽媽會發瘋。

只要不去施捨他們，我家就會平安無事。

我衝進對面茶鋪的建築，從後側建築再走得更深、更遠——我思索著他們以前應該都是從這附近過來的，一邊尋找孤兒可能會在的地方。爬上潮濕的室內樓梯。即使時近半夜，建築物仍然吵吵嚷嚷。人聲、小鳥在賣鳥的鳥籠裡叫著、蒸氣溢出鍋爐、某個房間裡傳出的電視或收音機聲。我試著在吵雜中聽出我的腳步聲，但實在太難了。我根本不記得一年前自己走過哪條路。我不能跟丟我自己的背影。

走在前面的「那一天」的我，鑽過生鏽的招牌，來到外面。再過去是沿著建築物側面設置的螺旋梯。

血一般紅的小小指示燈，像深呼吸般亮了又暗、暗了又亮。梯子像通到天上一般，彷彿沒有盡頭，長得令人不安。我喘不過氣來，好幾次都只能靠在扶手上休息。雖然認為微微哐哐作響的腳步聲是我，但要是弄錯了怎麼辦？

結果我在樓梯平台旁的牆上，看到了很像我的頭的影子。我調整了急促的呼吸，勉強用開始發軟打顫的膝蓋爬上樓梯，在下一層樓離開樓梯，回到建築物裡。我跨過「禁止進入」的牌子，往空無一人、唯有大鍋爐一字排開的小房間裡走。記憶一點一點回來了。對，就是這裡。

「那一天」的我，就在這裡。正蹲在故障倒下的鍋爐與破了洞的牆之間，和人說話。在那裡的，是孤兒兄弟的其中一人。記憶越來越清晰——對，「那一天」的我沒看到哥哥，給弟弟吃了一半東西之後，就去找哥哥。雖然曾閃過留下吃的回去的念頭，但又擔心餓壞的弟弟會連哥哥的份全部吃掉。

我到處都沒看到孤兒哥哥，便四處找。終於找到的時候，哥哥的腳被一個小鍋爐壓住動彈不得。我把他拖出來，先拿剩飯餵他，然後幫他處理傷勢。第十三下的鐘聲就是在那時候響的。

現在，「那一天」的我還沒找到哥哥。

也就是說，現在馬上折回去的話，舅舅就不會死。給孤兒食物給到弟弟就好，不要去找哥哥，爬下螺旋階梯回家。這麼一來，舅舅就不用擔心我，就不會被「大放送」的強光燒死。

孤兒哥哥大概會跑到「這邊」來吧——但我不管。我寧願舅舅活著。

我站在「那一天」的我後面，說：

「喂，我，快回家吧。不要管哥哥了。」

「喔，那可不行。」

嘴巴突然被人從後面堵住，還被拉進鍋爐與鍋爐之間的縫裡。是那個老爺爺，他不知何時追上來了。好臭的椿象味。

「你不聽話就會這樣。」

我掙脫老先生的手，掄起拳頭要打他，但手腕被輕而易舉地抓住，被制止了。

「放開我！」

「你現在在做什麼？」

「我要救舅舅和媽媽。我不要去找那個孤兒哥哥不要去幫他療傷，現在就馬上回家。這樣舅舅就不會去外面找我了！」

結果老爺爺的臉扭曲了。

「我明白。我明白你的悲傷。而且，我也很了解那個孤兒。」

怎麼可能？我停止掙扎，睜大了眼看老爺爺。

「……弟弟啊，你仔細聽好。想想那個金魚頭。強行改變過去、帶回去，就會發生怪事。發生的事就已經發生了。放下過去的自己，回到吃油佃煮怪茄那時候吧。小心別吃到蟑螂，迎接了『大放送』，就能抵銷來過『這裡』。」

「……不是不能改變過去嗎？」

「只是避開蟑螂而已，不要緊的。你來到『這邊』的時間還很短，對四周也幾乎沒有影響。你的心也沒有混濁。是啦，或許和以前比多少會比較『容易看見』，常出神，但沒有什麼大礙。不過呢，」

老爺爺彎腰望進我的雙眼，

「你要是不給那孩子吃的呢？你舅舅或許會活下來，但那孩子會怎麼樣？會有非常多的事情受到影響，也會發生壞事。」

老爺爺筆直地望著我這麼說，然後牽著我的手，要回來時的路。我用力甩掉他的手。

「住手！別的什麼我都不在乎！我不要管餓肚子的小孩了！做好事也沒有任何意義。我害死我舅舅，害我媽媽生病。如果能重來，我什麼都願意做！」

我掙脫老爺爺的手，飛也似地跑出鍋爐縫。但另一個我——「那一天」的我已不見蹤影，在破洞和倒地的鍋爐之間，只有瘦小的弟弟一個人，正狼吞虎嚥地吃剩肉和米。「那一天」的我到哪裡去了？

就在那時，右邊傳來聲響。一回頭，泛黃的燈照亮了我的背影，接著門關了。對，再過去有座梯子，那個孤兒哥哥就在那下一層樓的門之後。

「站住！不可以去那邊！現在馬上回家！」

我急著追我，跑過走廊打開門，撲上梯子——我不耐煩一格格爬，鬆開抓住扶手的手，讓自己筆直向下掉。抬頭一看，內八的老爺爺正艱苦地、氣喘吁吁地說：

「我跟你說實話！我不是說我很了解那對孤兒兄弟嗎？我就是那個哥哥！你看，我的右腳不是有傷嗎？」

老爺爺捲起長褲的褲腳，向我露出右腳。上面的確有傷痕。

「你到底在說什麼……」

「是你救了我！多虧那天你讓我有飯吃。」

我的視線在我剛剛打開進去的鐵門和老爺爺之間來回。老爺爺幾乎要哭出來了。

「年齡根本不對啊！」

「所以我不是說了嗎，『這邊』的世界時間是顛倒的！我是比你現在的時代更久以後的未來的人，跑到『這邊』來了。聽好了，要不是你讓我吃剩飯，我應該更早就會來『這邊』。但是你看看，多虧了你，我一直活到這麼老才遇到『大放送』。這都要感謝你那天給了我飯吃。」

我不懂。我不相信眼前的椿象老頭和那天救的孤兒哥哥是同一個人。本來要從一個上了年紀的男人臉上找出孩童的影子就是不可能的。我一點都不相信，但老爺爺擦著淚解釋。

「因為所有時間都雜七雜八地交錯，一百年前和一百年後在『這邊』本來就是混在一起的。我在比現在還晚很多很多的未來，落魄了餓著肚子遇到『大放送』，來到『這邊』……但我過了美好的人生。」

老爺爺充血的眼睛依然盯著我，慢慢向下爬下梯子。

「看到你的時候，我嚇了一大跳。雖然也可以說你是個臭小孩，讓人吃那麼臭、那麼噁爛的剩飯，但你很善良，確實是讓我活到這把年紀的恩人。所以我很想讓你好好回家。」

老爺爺向我靠近，隨著椿象味越濃，我越往後退。距離鐵門不遠了。

「那之後我聽說你家發生的不幸，想著總有一天要報恩。後來我也能好好照顧弟弟，勤奮工作，吃得起不是剩飯的東西了。也能夠嘉惠其他孤兒……過了一年，我也曾經回到那家店想向你道謝，卻提不起勇氣。」

這時老爺爺一驚，凍住了表情，爬下梯子的腳也停住了。同時，我的手碰到了門把。就是現在。

我用力轉動門把，整個人衝進門後。長長的通路分岔，一邊是螺旋階梯，一邊繼續通往建築物內部。要是我已經走過去就來不及了，但我看到還在走的我的背影。

我開始跑，心無旁騖地跑，衝向「那一天」的我。我雙雙倒在地上，碗破了，我聽到裡面的東西啪喳撒在地上的聲音。背後響起尖叫。

「你明明做了好事，明明救了我和我弟弟！這樣我的人生也會全部完蛋！」

那聲音好像要被勒死的偽豬。那一天的我什麼都不知道，驚愕地瞪大了眼睛。

「呃，是我？」

「不要理那個老頭子，站起來。我們必須趕快回去。」

「可是，這到底……？」

「快點！是舅舅和媽媽比較重要吧！」

我一扯，那一天的我便聽我的站起來，轉身一起跑。「大放送」還沒到，現在爬下螺旋階梯回家還來得及。轉頭一看，老爺爺哭著跪在打翻的剩飯前，用殘缺的碗舀起剩飯。

那時候，天花板響起震耳欲聾的聲音。鍋爐室爆炸了。

我們跳到螺旋階梯上，還沒等瓦礫從上面掉下來就飛速爬下樓梯。根本沒時間去看有多少天花板塌下來，也無意停下腳步，我們害怕著幾乎要震破耳膜的巨響，一心一意地逃跑。老爺爺也許被壓死了。但那根本不重要。因為，我剛剛對那個孤兒哥哥見死不救。如果老爺爺真的是那個孤兒哥哥，那麼「被我救了才活下來的老爺爺」就已經不在這個世上，會變成另一個「被我見死不救的人」，消失到「這邊」了。

鍋爐室的爆炸雖然往下毀了三層樓，但建築物本來就很堅固，所以我和「那一天」的我得以安然爬完螺旋階梯。然後平安回到家，擔心我的媽媽和舅舅露出鬆了一口氣的神色。

但是，正要關門那時候，十三的鐘聲響了。我和「那一天」的我身體還沒有完全走進家裡。

強烈的光包圍了四周，好熱。門關上，我和「那一天」的我其中一個被留在外面，燒死了，但不知道是哪一個。

「『大放送』結束。重複一次，『大放送』結束。即刻起解除禁止外出令。

重複一次，即刻起解除禁止外出令……」

來到外面，刺眼的光已經消失，平常霓虹燈在昏暗中炫麗奪目的街道又回來了。

我蹲在店門前，盯著不讓孤兒來偷剩飯。只要他們稍微靠近，我就拿我找得到的大石頭丟他們趕他們走。以前我都會給的，因為我覺得他們很可憐。現在我絕對不給。媽媽和舅舅都說「那個善良的孩子怎麼了」，但我認為我現在這樣已經夠善良了。

第二天，舅舅騎機車送貨，就此一去不回。好像捲走了很多錢。過了一陣子，現在媽媽睡在病房裡。爸爸開始和巨乳刺蝟頭搞在一起，叫我送飯去給媽媽，但我不去。因為要是媽媽用楚楚可憐的眼神看著我，我會覺得很不舒服。

媽媽哭著說我變了。我也知道我不是以前的我了。

一年前，對面建築的鍋爐室爆炸，死了兩個孤兒。我覺得我好像認識他們，但孤兒到處都有，我一點都不覺得難過。我覺得這樣很好。人類雖然有喜怒哀樂這些情感，但哀是最不必要的。不過，其實喜怒和樂也不必要。我什麼感覺都不想要。

有時候，我好像會想起什麼。可是只要稍微從記憶深處掉出一點點碎片，頭就會痛得快裂開，看到一些奇怪的東西。例如對面茶鋪的老闆頭變成金魚，爸爸的下半身變成黏糊糊的塊狀，媽媽的聲音聽起來像鳥叫。

還有就是椿象。椿象會一直往我靠過來。

椿象緩緩從我腳上爬過。鼓鼓的身體扭呀扭的，爬過我的小趾、橡膠拖鞋的鞋帶，然後走向腳背。在廚房灑落的方形燈光裡時，椿象顯得黃黃的，一走進蹲著的我的黑影裡，綠色就變濃。動來動去的讓我很癢。再繼續走下去，就會到我的腳踝。是打算爬上脛骨到膝蓋來嗎？椿象不知道，牠此刻在爬的地方是個力大無窮的怪物的腳，只要怪物一個心情不好，一眨眼就能殺了牠。

如果是以前的我，是不敢殺椿象的。因為把牠們捏扁會很臭。椿象抵達腳踝的凹處後，或許終於發現自己是在人類身上，換個方向，翅膀一張就飛走了。

若牠能飛過建築物與建築物之間的一絲縫隙，飛過攀附在牆上的水管與排氣管四周、密集的招牌、從漆黑的上方不斷落下的髒雨滴中，一定很開心吧。

但我雙手一伸，抓住椿象，用力捏扁。

一陣惡臭撲鼻而來，滲進我的皮膚一直不消退。是因為這個味道，才一直有很多椿象找上我的嗎？

雨嘩啦嘩啦地下。下次「大放送」是明年的事了。我絕對、一定會吃東西。並不是因為我相信那首無聊的歌，我只是有奇怪的預感。我總覺得，管他是草根樹皮，什麼都好，一定要吃，不然門後面，梯子上面，好像會有什麼可怕的東西等著我。

新的音樂，地下電台

カミサマはそういない

自從陸地大多被水淹沒之後，全世界不管走到哪裡都聽得到海浪聲。

無論是早上中午晚上，走在路上還是待在家裡，海就在旁邊。沙——，浠——，轟——，浠浠浠浠浠浠沙沙沙沙沙。用嘴巴來形容海浪聲大概就這樣吧。不，不對。有時候也會聽成「浪聲去又回」。不過，外婆說沒有一個海浪的形狀是一樣的，同理，我也認為海浪聲其實也全都不一樣。

我跟紅魚這樣講，他說「隨便都可以啦，幫我把線解開」，把釣竿拿到我面前。我嘆了一口氣，先放下手上的收音機，爬到堤防上。在塞滿東西的背包和保冷箱旁邊坐下來。

捲線器上又細又透明的釣魚線整個纏在一起，那個樣子，就好像一朵釣魚線的花開在沒煮熟的結塊飯粒上，而且那團飯粒還很像一群螞蟻聚在一起。紅魚熱愛釣魚也很會釣魚，手卻笨又沒耐性，一有東西壞掉還是纏住就馬上丟給我。在陸地變少的同時，工廠和人也都減少了，做出來的東西不像外婆那個世代那麼多，現在釣魚線也是貴重物品，「凡物品必要愛惜」。

我在水泥堤防上盤起腿，把腳放在柔韌有彈性的釣竿前端，小心不去折彎釣竿，開始解糾結的釣魚線。全身迎著海風，耳機的線和我有護耳的帽子的毛線球晃來晃去。有線就是煩。

我一邊用比出門前又長長了一點點的指甲解釣魚線，一邊注意塞在左耳的耳機有沒有動靜時，忽然聞到一股刺鼻的腥味。是旁邊穿著鮮紅T恤的紅魚，他正一手伸進水桶裡，大肆攪拌粉紅色的魚漿。量足足有一整個水桶那麼多。

「拜託，你打算釣到什麼時候？」

「當然是釣到釣到為止。」

「真的釣得到嗎？我可不要天黑以後在外面露宿。」

「就算訂得到地方住也沒差多少啊。反正以我們的錢只住得起大通鋪。好了，姆伊你快點啦，不然會沒晚飯吃哦。」

紅魚長長的手臂伸過來，乾淨的那隻手揮來揮去地催我。

「不、要、急、啦。」

最後一團螞蟻被我靈巧的指甲完全解開，釣魚線全拉直了。紅魚滿意地笑了，從我手中搶走釣竿，連聲謝也沒說就在魚勾上裝起餌來。

這傢伙，連能釣巨魚的釣竿和捲線器都帶來了。我有那麼一點點，覺得也許應該跟戴眼鏡的托雷他們去。就只有一點點，就大拇指指甲那麼多。不過是我起的頭又把紅魚拉進來，所以我什麼都沒說。

我用力抬起被我放到旁邊去的四方形收音機，把沉甸甸的機器放在雙腿之間，再次調整頻道。插在左耳裡的耳機除了雜音什麼都聽不見。

眼前是一片碧藍無比的海。海上有幾艘漁船，代表漁船的各色旗子，在風中啪嗒啪嗒地抖動。遠處，附近陸島隆起的影子一點一點的，定期貨船揚起的那道白色泡泡像刀切魚腹般，滑也似地劃過。

海浪聲依舊不絕於耳，沙沙，轟轟，浪聲去又回。

二十四小時不間斷的海浪聲對人類造成種種影響——這個現象第六陸府電台說過，學校也有教。例如「海浪聲會啟動副交感神經，令人放鬆」、或「耳邊一直有海浪聲，造成壓力」。兩種現象剛好相反，但實際上都會發生。

多數人對海浪聲的反應是「放鬆」。我爸媽就是這樣，他們會敞開陸民公寓的陽台窗戶，讓海浪聲與海風一起進屋。隔壁鄰居、再隔壁的鄰居、樓下的鄰居也都這樣。家裡有幾個人，就有幾張供人躺臥的長布椅，想睡就去午睡。不止家裡這樣，公司和工廠也都設有午睡時間，可以暫停工作去睡覺。

忽遠，忽近。安定卻又不規則的聲音。紅魚說「釣魚的時候很專心，海浪聲會從耳朵裡消失聽不見」。可是對我和多數人而言，海浪聲是永不停歇的搖籃曲。

這時響起一個大音量的男聲：「第六陸島的各位島民，這裡是第六陸府電台。起床鈴聲啟動時間到了，起床鈴聲啟動時間到了，大家起床吧！」我一驚跳起來。

我又不知不覺睡著了。往旁邊的紅魚一看，他照樣釣著魚，正在抱怨起床鈴聲。

「那鈴聲很爛欸，聲音超恐怖的。」

第六陸府電台的擴音器豎立在陸地的各個角落，每天會播放三次鈴聲。早上八點，中午兩點，以及傍晚六點，尖銳刺耳的聲音會響五分鐘。海的搖籃曲的催眠效果無敵，大家都會讓睡眠優先於工作。結果就是明明物資不足卻生產力下降，導致整個陸列島的技術創新也跟著睡著，據說仍是五十年前的水準。所以非得用鈴聲把陸民挖起來不可。

我趁著紅魚看海的時候打了一個大大的哈欠，把收音機附的肩背帶交叉綁好，從堤防上滑下來。

與海相對的陸地上，是一座中心由三道稜線串起的山，樹木茂密青綠。戴眼鏡的托雷他們現在應該在山裡某處吧，但要達到目的，也許會比我們快，也許會比我們慢。

山前面，寬度寬到一個不行的陸民公寓排成三段，全白的建築沐浴在黃色的陽光下，上面長了一根根天線。我們第六陸島人口約有一百萬，幾乎都住在這種陸民公寓裡。我們離家已經走了很遠了，但不管走多少公里，建築物都沒有變化，全都長得一模一樣。每棟都是十層樓，之所以分成三列，據說是為了要讓居住的部分盡可能有日照。

裡面什麼都有。住宅、公司、學校、幼稚園、操場、倉庫、醫院、飯店、餐廳、超商、超市。順便說一下，沒有日照的地下大多是工廠，不然就是運送物資的無人自動運輸車車站。

看到陸民公寓，就會想起小時候在海邊沙灘上做的城堡的城牆。就算努力想做得越長越好，牆還是一漲潮就消失。那時候的沙灘在四年前、我十二歲的時候，完全被海吞沒了。

據說海裡沉睡著很多「文明」。在「文明」裡，有我外婆和嬰兒時期的媽媽住過的家，還有爺爺以前工作的公司。

比整齊劃一的陸民公寓還靠海的地方，有菜園和農田，那當中殘留了幾間「古早」民房。這些建築躲過了五十年前的「災難」，但陸府就是一直勸導居民「搬進陸民公寓」。因為陸地面積有限，希望盡可能把人集中起來，空出土地。

紅魚去世的爺爺以前就住這種民房，還經常出海捕魚。紅魚時不時就從他陸民公寓的家偷跑出來，去住爺爺家，跟爺爺學釣魚和開船。我也去玩過，就算天花板開了洞、牆壁破破爛爛，但兩個人有一樓和二樓可以用，實在太令人羨慕了。他爺爺一去世，房子轉眼就被怪手推倒，夷為平地，接著就蓋了一家小養雞場。

我伸手到帽子的護耳底下，把左耳的耳機塞得更深，然後把收音機銀光閃閃的天線整個拉長，一邊轉動生了鏽的旋鈕一邊四處走動。發黏的玻璃小窗口裡刻度轉呀轉的，紅色的指針來回搖擺。

堤防下的道路空蕩蕩的不見人影，頂多就是偶爾有人停在陸府提供的道路用Wi-Fi熱點，難得看到車子在跑。說到駕照，就是滿十五歲就可以考的開船駕照，只能繞陸島一周的行車駕照沒人要考。即使如此，認真的紅綠燈們也不管根本沒人，還是紅綠輪流變換顏色。現在是十二月，太陽的位置和六月相比雖然低了很多，但氣溫還是很高。我晚上想去旅館沖個澡。才不要再像第一天那樣露宿。

無論我怎麼轉動旋鈕，耳機傳來的都還是又輕又尖的高音。像這樣走動著尋找電波，今天已經是第三天了。這種舊式的收音機我又是第一次用，老實說，我累了。平常只要打開行動載具裡的收音機App選想聽的節目，馬上就能聽了。

就在我嘆氣的那一瞬間，耳機大聲沙沙響。

「喔！」

在一波波雜音之後，有人聲。是歌曲。

「喔喔喔！」

我不禁大叫著回頭，想叫海風吹動一頭亂髮的紅魚。紅魚抬起頭——嘴裡叼著全陸禁止的香菸，我皺起眉頭。與此同時，音樂隨著電波穿過雜音傳來，變得清晰流暢。簡直就像歌后從馬賽克之後探出頭來。但一聽出那是什麼，我便失望得差點跪下。

「姆伊，怎麼了？找到地下電台了？」

「……沒有。」

我彎下腰，去看走在柏油路上的一隻圓圓的小蟲。這是瓢蟲嗎？

「這附近有廣播發射站。不過接到的就只是陸府電台的頻率而已——排行榜第一名浪乃白浪的〈孤零零的海龜〉。地下電台怎麼可能播這種最新的流行歌。」

瓢蟲慢慢、慢慢地從我的黃色運動鞋前走過，爬上碎裂的一小塊柏油，便張開圓圓的翅膀飛走了。「啊——啊」，我拾起瓢蟲的踏板，往海裡丟。啵的一聲，紅魚的釣竿忽然彎了，釣起一隻背鰭有一排尖刺、活力十足的魚。

地下電台。我是在一個月前聽到這個傳聞的。當時我在陸民公寓戴眼鏡的托雷的房間裡，跟學校同學一起混。應該是說，我那時候稍稍離開了大家高談闊論的小圈子，正偷偷用耳機聽音樂。

我應該算是相當喜歡音樂。之所以用了不敢肯定的「應該」，是因為要遇到真正喜歡的音樂的機率很低。

就算用行動載具（我的是橘子公司的iOrange，OS是最新的39版）的App找發行中的音樂，音樂公司發的新作一年也才六十首，比找到符合我喜好的曲子，更多的是我強迫自己去喜歡那些音樂。

短短十五分鐘我就聽完全部的曲子，向同樣離開圈子背靠著牆喝汽水的紅魚抱怨。

「聽說以前一年發行好幾千首欸。和其他陸地加起來，全世界同時就有好幾萬首新歌。」

「哦。」

「紅魚知道什麼是『indies』嗎？」

「蛤？什麼？」

「聽說那不是音樂公司給的音樂。還不止，有人還自己做音樂，自己播。」

「哦。啊幹，通訊額度用完了。」

紅魚把手機往地上一放，整個人直接下滑躺平。

過去使用的基地台和發信機幾乎都沉在海裡，所以現在電波也很寶貴。公家機關和公司有陸府設置的無線 LAN，和其他陸島之間的聯絡，則有陸列島府的無人機。可是平常只能節省地用少數基地台發的電波。如果不注意用量，一下子就會限速。

管電波的「有線標準局」，將海的潮汐測量列為第一，第二是陸府廣播，第三是天氣預報，第四是一般新聞。娛樂根本排不上。現在不要說電話和通信，連電視和收音機也幾乎百分之百都透過網路播送，電台包括陸府廣播在內各三家。只有陸府廣播為瀕臨絕種的廣播，聽眾同時也以廣播電波，俗稱的「類比」播放，但也快廢了。

需要巨大攝影棚和眾多工作人員的電影和戲劇，已經很久沒有新作品了，以前的片子都放進檔案館，想看的人可以每個月付費下載。

音樂雖然有新作品，但每個月發行一次，一次五首。那些歌手、樂團和DJ不愧是通過音樂公司嚴格的甄選的，個個水準都很高。像是每年席捲排行榜榜首的浪乃白浪就很會唱，聲音乾淨漂亮令人印象深刻，伴奏樂團的演奏也很棒。

重點是，那些音樂是經過研究分析我們這些陸民的喜好和想聽什麼，站在流行尖端，所以保證出一首紅一首。因為是量身打造的。這樣社群網路和下載平台幾乎都不會有負評，ＣＰ值也很好，沒有人會說「想聽一點不同的音樂」。只要音樂夠完美，一個月五首就綽綽有餘。

而且每個人——包括我在內，都有認為「萬一沒有人類的歌，只要有大海的搖籃曲就好」的傾向。就算唱起歌來，唱到一半就被海蓋過去，一回過神，已經閉嘴傾聽海浪聲。

我看到頭來這潮騷才是世界第一的音樂吧。

「……所以，我想來表決一下。贊成的人請舉手。」

這大了一倍的聲音讓我們一驚抬頭。十四、五個同伴全都看著我們這邊，我和位於圈圈中心光頭戴著圓眼鏡的托雷視線交會。他銳利的眼睛瞇得更小，一臉「你們又沒在聽了吧」的表情。紅魚瞥了我一眼，猛搔著頭道歉：「啊——，抱歉。」

「因為姆伊又呼呼大睡，害我也跟著睡著了。那，要表決什麼？」

我本來想抗議說我才沒睡，但沒作聲。

托雷明明跟我一樣是十六歲，但他會看很多很難的書，腦子裡無時無刻如狂風暴雨般颳著比我們多得多的思想和詞語，是個怪人。不過就是這些特質吸引人——我也是其中之一，當初被牆上貼的「新思考俱樂部」傳單吸引參加首次聚會時，我也是很熱情專注地聽托雷話說的。這樣的人物就叫作「意見領袖」吧？

「那我再說明一次。我們要去找沒有海鳴的地方。我個人已經到極限了……希望有人能跟我一起來。所以想表決一下。」

同伴中有幾個人點頭，響起了一陣確認彼此意願的低語。可是我眉頭要皺起來我控制不了。

「呃……我不是要反對，不過……真的有那種地方？」

無論在陸地的哪個地方都會聽到海浪聲。幾乎對所有的人來說都是「放鬆」的元素，對托雷而言卻不是。他是「一直聽到海浪聲就會累積壓力」的那種人，永遠都為頭痛所苦，心情憂鬱，耳塞不離身。聚集在他身邊的同伴也有人有同樣的症狀，我們大多都很同情他們。

托雷伸中指在眼鏡的鼻橋上一推，以一句「剛才我們就是在討論這個」為前言（對不起喔我沒在聽）回答了我的問題。

「山。除此之外，我們第六陸島沒有別的可能了。這是我找了無聲地點十幾年後的結論。」

然後我還沒回答紅魚就先問了：

「山？裝備怎麼辦？」

山是很深的，和海一樣深。據說在爸媽那一輩年輕的那時候，曾經有開拓山林以增加陸地的計畫，但因為人力和重型機械的數量銳減而勞動力不足，重點是，要是樹再變少氧氣就會不夠，我們全陸就會缺氧。而且也會缺水。所以陸訓有一條是規定不可以開採山林——「凡樹木皆應愛惜」。

沒有人會想到要跑到山裡去。想在樹木迷宮裡求生必須有正式的裝備，而這些又不是隨便哪家店都有賣，還傳說有又大又危險的野獸。可是托雷卻說要去。

「裝備不是問題。阿西羅和絲莉吉的伯公以前爬過山，倉庫裡還留著大約二十人份的裝備。我想明天大家一起去拿。」

「伯公會教大家怎麼用。姆伊和紅魚也去嘛。」

阿西羅活潑地約我們，但我只能輪流看紅魚、托雷和阿西羅的神色。托雷一說「那來表決吧」，大家果然都舉手了，我也弱弱地舉起不起勁的手。

「山啊——……」

日期訂在下個月開始的連假，我們叫十二休的假期。要去山裡這種事，家長一定會強力反對，為了要讓大家能夠有個交代，要訂一週的集訓住處作為掩護。

俱樂部的聚會結束了，大家各自回家。風從為了通風而敞開的窗戶吹進來，人群聚集的悶熱轉眼就被淨化，換海水味變濃。托雷在椅子上坐下來，在耳塞之上戴上耳機閉上眼睛，不再聽海浪聲和任何人的聲音。

表決最後舉手的紅魚好像已經回去了，沒看到他的人。我走到陸民公寓寬敞的走廊的窗邊，不經意停下抬頭看窗外。已經晚上了。巨大的、黑黝黝的不知道是黑暗還是山的東西，埋滿了窗的另一邊。一點亮光也沒有。下週就要去那種地方了嗎？

「姆伊。」

有人拍了我的肩一下，一回頭，是阿西羅的雙胞胎妹妹，絲莉吉。

「呃，嗯。什麼事？」

絲莉吉有一雙大眼睛和挺直的鼻子，嘴巴大大的，和哥哥阿西羅沒那麼像，反而更像浪乃白浪，很可愛。而且體型纖細個子又高，身材很好。不管是不是我的菜，她跟我講話我的心臟就會大大一震。而且絲莉吉不知為何竟然伸手在我穿著T恤和羽絨背心的胸口用力一推，結果我們看起來就像我被她按在牆上。

「妳妳妳妳妳、妳幹嘛？」

「剛才，你們在講音樂吧？」

「呃？」

「姆伊你可能沒注意到，我就坐在你們附近。我都聽到了，『indies』那些。姆伊很喜歡音樂嘛。不知道為什麼卻不肯加入我們音樂社。」

糟了，我還以為沒人在聽。雖然不犯法，但說那種話很像在質疑現在的生活，會有點尷尬。

「啊——，那個喔。我只是不懂裝懂而已啦。先走了！」

我敷衍一下想逃離現場，卻被絲莉吉用力抓住手臂，她的氣息吹到耳朵上。輕輕柔柔的、像一束純白花束般的香氣，簡直令人窒息。

「問你喔，你知道『地下電台』嗎？」

絲莉吉耳語。「地下電台」。

「聽說是有人偷用廣播電波來播放音樂。所以叫作『地下電台』。」

「偷……妳是說擅自使用？那不就犯法嗎？」

廣播電波雖然衰敗了，但就像陸府電台還在，沒有全廢。想偷用電波應該是做得到的吧——如果有被捕的覺悟的話。看我不知所措，絲莉吉終於笑了。

「對，是犯法的。要是被發現，可能不是罰錢而是被關。不過，你不想聽聽看嗎？沒人知道什麼時候會播，也不知道是誰播的。」

「會不會是電台的工作人員偷播的？」

「誰知道呢？播放地點好像每次都不一樣。聽說每次都會改頻率，一直沒有被陸府發現。」

「可是音樂有著作權、使用許可那些的啊。擅自使用電波，還未經同意就播放創作者嘔心瀝血的作品，不太好吧　」

只見絲莉吉傻眼，稍微離開我一點，深深嘆了一口氣。

「姆伊真的很死腦筋耶。不過不是的。你的顧慮是所謂的『杞人憂天』。因為人家播的是自己做的樂曲。在侵權方面，不管是音樂公司、陸府還是創作人都無話可說。」

我愣住了，看著絲莉吉。怎麼可能有這種事。

「妳說什麼？自己做的？騙人的吧？」

「我沒騙你。一開始我也以為是傳聞而已。可是音樂社的學長運氣很好，接到頻率了。說是在海邊散步聽『類比』的時候，碰巧發現的。」

「海邊……」

「嗯。學長趕緊衝回社團教室，拿了舊式麥克風和錄音機又回到同一個地點，只勉強錄到一首。現在頻率改了，那裡已經聽不到了。真的是沒聽過的音樂，全新的音樂。」

就是這個字眼。這個字眼，讓絲莉吉可愛誘人的模樣和耳中的海浪聲都遠遠退去，變成一面空白從我眼前消失。睡魔又來了。我只清清楚楚記得最後聽到的絲莉吉的聲音。

「學長認為信號來源八成是在海的某處，以前『文明』時代的基地台。喏，姆伊，新的音樂呢！要是能找到『地下電台』的頻率，就能聽到沒人聽過的、剛問世的全新音樂了。」

在走廊上睡著的我，被傍晚六點的起床鈴聲叫醒跳起來。環顧四周，絲莉吉已經不在了。那是夢？還是現實？我回家以後還是翻來覆去地想著「地下電台」，瞪著昏暗的天花板。

海裡沉睡著許多「文明」——這我聽外婆講過好多次。我想像著形狀歪歪扭扭不可思議的天線從碧藍的海面上冒出來，變成海鷗的棲木，然後閉上眼睛。

第二天，我打開衣櫥，從一整排顏色不同的羽絨背心裡選了黃色的，套在T恤外，在去P棟八樓、二十一列——阿西羅和絲莉吉的伯公的倉庫所在地——的路上，我滿腦子都是「地下電台」。

以前常登山的伯公的裝備，霉味比預期的還重，金屬也生鏽了。大家都露出嫌麻煩的表情，但托雷一副不以為意的樣子，把裝備一一仔細看過，問這個是什麼、怎麼用，伯公開心得白髮白鬍鬚底下的肌膚都發紅，一一作答。

「那是對講機。只要彼此調到同一個頻率，即使相隔一段距離也能通話。」

「頻率？那不會犯法嗎？」

「這種程度應該還好。你們要擔心的是不要遇難了。」

我的視線和待在伯公身後的絲莉吉相遇，但她一下就轉開了。

紅魚好像落跑了，沒來。我一個人在倉庫閒晃，四處看，看到排在架上一些不知做什麼用的刺刺的金屬製品、成束的粗繩等等。視線不經意望向陳舊破爛的小背包時，看到架下有一個黑色四方形的機器。

我彎下腰，拿起那個比預期還重的機器，吹一口氣吹掉上面的灰塵。電源在哪裡？轉動在ON/OFF字樣旁邊的鈕，紅色的小燈就亮了，復古儀表畫面亮起橘子色。簡直像沉睡的生物醒來。電池是充電式的嗎？儀表上像尺一樣細密的刻度上標著不可思議的數字。那下面有一個大大的旋鈕，右側還有兩個用途不明的旋鈕。正面有金屬網狀材質的喇叭，用手指摸摸相對的左側，摸到圓圓的小洞，大概是耳機孔。這是聽卡帶的放音機嗎？

我上下左右看這台機器時，背後有人的動靜。

「你找到了一個稀奇的東西了啊。」

也不知什麼時候和托雷說完話的，阿西羅和絲莉吉的伯公站在那裡。嘴角雖然在笑，但眼神銳利。我心想這個八成是不可以拿出來的，當下立刻道歉。

「對不起，我……很好奇。」

「不，不用道歉。那東西已經沒用了。那機器就只能收廣播電波。不過，有時候就是會很想聽。差不多每年會搬出來一次看看有沒有壞掉。」

我感到心臟在身體的中心大大彈了一下。

「那麼……這就是收音機？」

「是啊。這是我父親的，已經七十年有了吧。以前常用這個聽廣播。」

伯公說著，伸手到收音機後側，豎起一根銀色的棒子，一下拉得好長，說這個就是天線。

「還能用嗎？」

「要用的話，得買新電池。現在賣電池的店很少了，又屬於貴重物品，很貴。不過我想就算能用也只是自找麻煩而已。就算收得到『類比』信號，也只聽得到陸府電台。」

沒這回事——我以視線尋找絲莉吉的身影，但沒看到。我用食指輕輕擦過表面。有鐵鏽粗粗的觸感。電源鍵旁那個針孔大小的紅燈，簡直像在申訴「我還沒死」。

「請問，如果您不需要了，我可以帶回家嗎？我想讓外婆看看。她一定很會懷念的。」

我的心跳快得跟跑完馬拉松一樣。但願伯公不會看出外婆對收音機不感興趣。

我沒跟托雷他們說，便衝出伯公的倉庫。抱著變得好重的背心，在陸民公寓裡飛奔。「在走廊上不要跑！」每次跟哪個阿姨錯身而過都會被這樣罵，但我管不了那麼多。背心裡是我剛弄到的收音機。我一步兩階地爬上樓梯，奔向G棟的餐廳那一樓，路上還差點被轉動著紅黃燈的搬運機器人撞到。跑進沒錢的學生最愛的食堂，然後掃視被長桌長椅填滿的那個面積大得有點太大的、鬧哄哄的食堂。

「紅魚！」

我從人群中找出紅色的衣服——紅魚正和其他同學愉快地聊天。我喘著氣插進去，把背心往吃得只剩下骨頭的鮮魚定食餐盤旁一放。彈起來的餐具鏘鏘作響，旁邊的女生驚呼，但我才不管。紅魚睜大了眼睛抬頭看我。

「幹嘛啊，姆伊。」

「你來一下。」

「蛤啊？山，不對，托雷的事我等等再聽你說。裝備那些麻煩……」

「不是，跟那個無關。你來就是了。」

紅魚明顯不情願，但還是跟四周的人說聲「抱歉，那我走了」離席，跟著我過來。

我把紅魚帶到太陽能電力轉換器那一區旁邊、極少有人會經過的樓梯，把絲莉吉跟我說的全告訴他：有人偷用電波做地下廣播、每次都會換頻率所以沒被抓、海上有基地台播放沒人聽過的原創音樂，還有在伯公那裡的發現。

然後我拿出包在黃色羽絨背心裡的收音機。

「電池F棟的工廠還有在生產。不過很貴，要噴掉三個月的零用錢就是了。」

紅魚面不改色地看著我聽我說，但在我給他看收音機的那一剎那，我知道他的喉頭上下動了一下。

「……真假？」

「真的啊。絲莉吉說真的聽到了，雖然只有一首，但音樂社的學長成功錄到了。」

於是紅魚嘴角一揚，調侃般笑了，但眼睛沒笑。

「三個月的零用錢？姆伊你啊，是不是想引起絲莉吉的注意？」

「才不是！我發誓不是。我只是想聽我不知道的音樂，不是『專門為我們準備的音樂』。你不也一樣嗎？」

我把收音機用力推給他。紅魚在猶豫。我跟他幼稚園就混在一起，我知道他除了釣魚，第二喜歡的就是音樂。跟他說「indies」的事他也沒什麼反應，是因為他已經死心認定那是不可能的。可是我們都已經厭倦了「現在」了啊？

看紅魚小心翼翼地去摸收音機，我才說出昨晚就一直思考的事。

「吶，我們不要去山裡了。托雷一定能理解的。我們兩個去海邊吧。我們不要去找沒有海浪聲的地方，我們去找新的音樂。」

一滴水滴到我的臉頰。意識像是呼應冰冷的觸感般浮現，我醒來了。一滴、一滴、又一滴。水不止一滴，而是不斷打在我臉上。是雨。往上一看，雨滴是從牆壁微微突出的屋頂滴落的。我被放在某個民房屋簷底下的水泥地上。

我趕緊爬起來找收音機——有了。就在腳邊。我摸摸表面，幸好沒有濕。開關正常運作，轉動頻道旋鈕，也發出啾——的雜音。

不遠處響起紅魚的聲音。烤魚的味道鑽進鼻子，喉嚨深處湧出大量唾液，肚子叫了。我身體底下鋪著紅魚釣魚時有時候會用到的藍色塑膠布，我猜，他大概是把我放在這上面拉到這裡的吧。我站起來一邊伸手去摸帽子頂端，毛球濕透了。

「喔，你醒了啊。」

「要是會冷就先來烤火。」

四周全暗了，被深深的黑暗吞沒。火堆的火勢極旺，火星啪嘁啪嘁地爆開，染紅了戴起連帽衫的帽子的紅魚。他手上的平底鍋正煎著背鰭很大的魚。畢竟是十二月，入夜以後只穿T恤有點冷。我摘下毛線帽在火堆前坐下，紅魚就給了我一件透明的雨衣。

「我睡了多久？」

「嗯——，四個小時左右吧。讓我可以好好釣魚！」

往紅魚身後的水桶一看，鱗片濕亮地反光的魚正在裡面擁擠地扭動著。

「我也試了一下收音機。除了陸府電台什麼都沒收到。倒是你，睡眠的周期是不是變短了？而且一睡就睡不醒。最好去醫院看一下。」

「是喔……我問一下，我們睡哪裡？」

要是在這雨中露宿，保證一晚就會感冒。結果紅魚一邊把平底鍋裡的魚翻面，一邊朝我身後揚揚下巴說「那裡」。就是剛才的民房。可是沒有一扇窗戶是亮的，也沒有任何聲響和人的動靜。

「可以進去嗎？你跟住戶談好了？」

「沒人。」

「咦！」

「一個人都沒有。門沒鎖。也有棉被鋪蓋，不過有點灰塵就是了。」

「那不就擅闖民宅?不要啦,會被罵的。」

「安啦。廚房的熱水器結了蜘蛛網,沒電沒水也沒瓦斯。只有院子裡的水龍頭不知道為什麼還可以用。總之,這裡暫時沒人住。要是不願意,就請姆伊少爺自己露宿被雨淋囉。」

無人的民宅在火堆的火光下顯得更加陰森。我走過去,從背包裡取出手電筒,照了一下。歷經風雨的灰色牆壁都是水漬,好像恐怖片裡的場景。長了兩條尾巴的壁虎爬過閃電狀的裂痕。玄關的門邊緣剝落了一大片,露出參差的木材。我鼓起勇氣握住銀色的門把,輕輕扭轉,真的沒上鎖,唧唧軋軋地緩緩開了。

「喂——,你要去哪裡,要吃飯了。」

紅魚的聲音從背後響起,但我用手電筒照亮室內,穿著鞋就走進去。

屋裡有霉味。一進門就是廁所和浴室,往裡一看,不知是蟑螂還是灶馬之類的影子閃過。走廊盡頭的門之後,是起居室和廚房。我試著按了牆上的開關,燈沒亮。沙發、茶几和椅子，還有滿大的電視。明明和我們的生活幾乎一模一樣，只是人好像突然消失了，就讓人背脊發涼。

我依序把屋內看了一圈，確定真的沒有人以後，忽然在左邊牆上看到一扇拉門。因為和牆一樣是白色的，所以一開始沒注意到。打開一看，有樓梯通往黑黑的上面。丟下這麼大的房子真是太浪費了。是說，為什麼還沒被拆掉呢？

一個頗近的響起卡嗒一聲。一定是紅魚追著我進來了。我左手拿著手電筒，右手摸著牆，盡可能不發出腳步聲地爬上樓梯。

為什麼要靜悄悄地爬？因為──那時候，手電筒的光照出了人的臉。一個臉色蒼白露出整個鼻孔從上方俯視的──幽靈。

「哇啊啊啊啊啊啊！」

「嘎啊啊啊啊啊啊啊！」

我的腳踩了空，身體後仰著騰空。要是頭下腳上地從樓梯跌下去會怎麼樣？

會死嗎？網路上不知是真是假的報導閃過腦海，我用力閉緊了眼。附近有醫院嗎？沒想到我會死在這種地方——紅魚會幫我把遺體送回去給爸媽嗎？會不會嫌麻煩就一句「水葬——！」把我推進海裡了事？絲莉吉會為我落淚嗎？

短短一瞬間這些念頭以驚人的速度閃過我的腦海。但我沒有掉下去。因為那個面色蒼白的幽靈抓住了我的手腕。就在千鈞一髮之際。他一手抓著扶手，另一隻手拉住我，雖然腳脫了力，還是在下了兩階樓梯後穩住。

「沒、沒事吧？」

「沒、沒事。」

我背靠著牆深呼吸，好調整因驚慌而亂掉的氣息。幽靈——不，突然現身的人，撿起手電筒遞給我。他頭髮長長的，個子矮矮的，聲音聽不出是男是女。微胖的體型上穿的襯衫鬆垮得活像個床單鬼，眉毛很淡，額頭極寬。怎麼看都比我大十歲。下巴很短，一開口就露出門牙。

「我聽到有聲響就很好奇……嚇了一跳。你該不會是這家的人？」

他搶先問了我正要問的問題，我有點吃驚。

「不是，你呢？不是這家的人？」

於是這個人眨了眨眼睛，回答：「是的。我是這家的人。」轉身便要爬上樓梯。

「不對不對不對，騙人的吧。你剛剛不是才問我『你是這家的人』嗎？」

「那是我有點記錯了。」

「哪有人在自己家還會記錯，以為自己不住在裡面的？」

「哎……那，好啦，反正就這樣。」

幽靈一步步爬上樓梯，我不禁也跟上去。在這種沒電沒水又沒瓦斯的房子裡，他都在做什麼？

幽靈的住處位在二樓前半。該說是住處還是巢穴呢，總之就不是個房間。倉庫都比那更像樣。

至於大小，大概跟我在陸民公寓裡的房間差不多。其中三分之一的空間都被紙淹沒了。紙。世所罕見的紙，以木頭為原料做成的東西。「凡樹木皆應愛惜」的陸訓咧？而且紙上寫滿了密密麻麻的文字。列印出來的？不是。是手寫的。是用筆、用自己的手寫的。

幽靈大概是沒注意到我跟來了，背對我這邊，正專注地寫東西。這裡不僅有大量的紙，甚至還有一大疊紙做成的東西——書。那是歷史課才會出現的物體，我和書本尊的接觸，只有在校外教學去的博物館裡，看到像昆蟲標本似地保管起來的灰色盒子和美麗的深紅色的書。

「怎麼會有這些啊？」

我伸長了手要去摸書。那是一本像極了我以前看過的那本光澤動人的深紅色的書。我沒來由地很想知道裡面寫了什麼。

「不要碰！」

在被吼的同時我也被紙砸中，整個視野中全是紙在飛。然後明明是自己拿紙砸人的，幽靈卻驚慌失措，撈起紙來。這段期間，我撿起落在腳邊的紙來看。

曾經的時代 曾經下過的雪 自天空翩然而落 雪白了世界
曾經的地方 曾經見過的人 自陸地四散而為海 世界有邊
我們不敢說 不敢說不是這裡 不敢吶喊鎖有鑰匙 不敢說好想用一直插在口袋裡的手 摸再也不會落下的雪
好想 張開嘴伸出舌頭 用連歌也不會唱的舌頭 尋找冰涼的觸感

是詩。浪乃白浪的歌和其他樂團的曲子和音樂公司請的作詞人的歌曲集裡都沒有的詩。這座陸島上能聽的音樂我全都聽過所以我看得出來。這裡寫的是我從沒看過的詩。

我抬起頭，與幽靈對上眼。幽靈滿臉通紅，一路紅到後退的髮際線。

「這個……難道你是詩人？」

我話說到一半，身後便響起大大的腳步聲和中氣十足的聲音。

「喂，煮好的魚都要冷了。快下來啦。嗚哇，這紙是怎麼回事！」

幽靈真正的名字叫枯雅枯雅。紅魚笑說好怪的名字，枯雅枯雅不高興地噘起嘴，反擊說「你自己的名字還不是很奇怪」。

這個房子，是他受夠了陸民公寓的環境（枯雅枯雅稱之為「工蟻的迷宮」）跑出來，輾轉走過的幾處空屋之一。他說陸府的管理並沒有那麼徹底，有不少沒人住之後被棄置的空屋。

「詩，我跟你們一樣大的時候是用載具寫的。前兩家空屋的屋主是個很誇張的愛書人，留下了大量空白的紙。」

他都一直住到陸府的調查員找上門來為止，要是院子裡有人的動靜，他覺得不妙了，便將紙和書和幾樣生活用品堆在推車上，像寄居蟹般搬到下一座空屋。然後繼續在那裡寫詩。

枯雅枯雅很不好意思地，讓我們看了他的幾件作品。都是我們沒看過的詩，以及短篇、或是有一點長度的故事。我和紅魚默默盤腿坐著讀。讀著文字，不知為何胸口就一陣陣痲痲的。我覺得這種酥痲的感覺，和我祈求「希望在音樂之後有的東西」很像。

「請問……詩要怎麼寫呢？要有什麼樣的心情才寫得出來？」

我這樣問，枯雅枯雅顯得有些為難地歪著頭。

「怎麼寫喔……就是寫出來。怎麼說啊，就像幫腦子裡想的事或湧上心頭的情感取名字一樣吧。對著模模糊糊看不清楚的東西，盡全力凝神細看。然後理出形狀用言語來表達。雖然沒有人讀，不過那不是重點。因為言語這種東西，沒人聽也會冒出來。」

你雙手裡的是什麼 告訴我那個顏色的名字 沒有名字就一起取吧 我和你一起

空中有船 海上有飛機 世界已經顛倒 又好吃又難吃 這裡是比夢更神奇的地方

夜裡升起的太陽 白天發光的月亮 妳走過濕漉漉的陽光大道 我嚼著已經無味

的口香糖 嚼呀嚼呀 踩在濕腳印上 笑得喘不過氣

誰都是 誰都不是 有名字也沒名字 可是好想要 想要一個可以用別針別起來的

名字 給這個頭一次看到的顏色

「枯雅枯雅，你知道『地下電台』嗎？」

我一問，枯雅枯雅便抓抓淡得看不到的眉毛那裡，一副「哎呀呀」的樣子嘆

了一口氣。

「知道啊。」

「真假！真的嗎！基地台在哪裡！」

因為身體太向前傾，我差點要去抓枯雅枯雅的肩膀，被他輕輕閃開了。

「……既然你們都在海邊走動，一定聽過傳聞吧？沒錯，『文明』時代的基地台一直從海面突出來淋雨吹風。」

「在哪裡？」

「用走的是走不到基地台的。」

「那就開船去。我會開，而且只要給他們看釣具，租船行也會把船租給我們的。」

我從來沒有比這一刻更感謝自己找了紅魚。枯雅枯雅一臉像擔心又像欲言又止的神情，可是他沒有再多說，只給了我們幾張詩。

要是把大海的搖籃曲寫成樂譜，會是什麼樣的音樂呢？如果每一道海浪都看似相同其實不同，發出的聲音也不同的話，第六陸府交響樂團會怎麼演奏？還是用鋼琴？吉他？用唱的？

第二天，我們到港口去。港口有魚味、海水味和違法香菸味，休息中的漁夫們一直用黃色的眼睛盯著我們。紅魚自己一個人毫不猶豫地進了草草寫著「船隻出租」的小屋，我只好在附近亂晃。現在十二休已經過了一半，大概是沒什麼人要前往其他陸島了，定期航船的候船室人很少。

我走到碼頭，一腳踩在繫船柱上取得平衡後，強風便轟轟轟地猛向我掃來。天氣好得讓人很難相信昨天下雨。我瞇起眼睛看海上方那片顏色輕柔的天空，淡淡的水藍色與白色的漸層。今天耳機裡聽到的也都是雜音。轉動收音機旋鈕到處走也已經是第四天了，再不回家，爸媽就會起疑。

我沒聽到新的音樂，倒是常聽到海鷗叫。遠遠的響起起床鈴聲。潮騷不止。去山裡的托雷他們，找到沒有海浪聲的安靜的地方了嗎？

我們老實跟托雷說「不去山裡，要去海邊」，他便移動到其他同伴不在的地方，要我們全部告訴他。托雷不是會告密的那種人，而且他自己正準備去的山也是禁地，大家半斤八兩。不過我還是只說了地下電台，沒提絲莉吉。托雷慢慢摸著他細細的下巴，定定地注視我的眼睛，說「很好啊，要是找到也讓我聽」，然後告訴我對講機的頻率。

真希望他的願望也能實現，能夠不再為海浪聲所苦。我正想著這些時，忽然聽到歌聲。從沒戴耳機的右耳那邊來的。

「搭啦啦、搭啦——啊——啦——啦啦啊啊——！」

根本沒歌詞也沒音程，就是隨便亂唱而且還很難聽。這反而讓我好奇，走近一看，在紅、藍、綠等多彩的船底朝上並排的小船之間，有個十歲左右的孩子在唱歌。只見他張開大嘴，簡直像要與海浪聲對抗般，大聲唱歌。在船的陰影處還有兩個孩子，一個拉著橡皮筋一下又一下彈著空箱，另一個雙手倒拿著杯子，啵啵敲著柏油路面。看來是當伴奏。

「……你們在幹嘛？」

我一開口，三個孩子的眼睛便骨碌一轉，抬頭看我，「在唱歌啊。看不出來嗎？」答得很跩。我忍不住就火了。

「哦，好難聽。」

「才不難聽。」

「你耳朵有問題。」

「這年頭的年輕人聽的都不是什麼好東西。」

「你說什麼？」

「我爺爺說的啊！你聽的也都不是什麼好東西！」

被其中一個孩子伸食指這樣一指，而且一針見血，我好不容易用一句「你還比我年輕」反駁的時候，紅魚和租船行的大叔一起出現了。

比預期大的一艘少說能載十個人的馬達動力船，低低噗嚕一聲之後，便開始發出心跳般安定的節奏。我好久沒上船了。一踩上去，船便隨著海浪不規則地上下左右搖晃起來，我心想，要小心一點不然可能會暈船。

船以相當快的速度前進，劃破白浪。紅魚的駕駛技術很不錯，我沒有像上船時提防的那樣暈船。我在船的長椅上坐下，弄了一下收音機，但死了心站在船緣向外眺望。

我學著剛才的孩子，想隨便唱個歌。不行。會被海浪聲吸走，一下就唱不下去了。還是要找基地台——我極盡目力在海面上找有沒有可疑的天線或建築——有的都是水塔、金屬柵欄圍起來的奇特水泥廣場（據說那是以前大樓的屋頂）、如今金屬柱子折斷變得脆弱而化為鳥巢的鐵塔。

「不可能那麼容易找到喔。」

「找不到什麼？」

「你在找什麼？」

我一驚回頭，剛才的孩子們就在我身後。兩個跑到我旁邊從船緣探頭看海，另一個正要去碰我放在長椅上的收音機。

「喂喂喂！住手，你們在這裡幹嘛？不對，你們是從哪裡進來的？」

「跟在你們後面。」

「簡單，輕輕鬆鬆。」

「這艘船有很多地方可以躲呀——」

三張相似的臉開朗地大笑。我往駕駛座那邊看，紅魚以「看你」的樣子聳聳肩。陸地已經很遠，又不能把他們扔出去，我只好先從孩子那邊搶走收音機，塞進背心和胸口之間。

「幹嘛藏起來？收音機我們比你還懂呢！」

「反正是住陸民公寓的年輕人嘛？沒辦法啦。」

來到身旁就能很明顯感覺出來，孩子們應該很久沒洗澡了，很臭。剛才坐在長椅上要玩收音機的那個，抓了抓頭，一口吹掉指甲縫裡的頭皮屑。

「我知道你在找什麼。『地下電台』對吧！」

看我嚇到張著嘴，孩子滿意地笑了。

「你……你怎麼知道的？」

「因為大家都跑到港口來找啊。我們一直都在港口，當然知道。」

的確，繞陸府一圈找「地下電台」還是找不到，自然就會出海去找基地台。就像我們現在這樣。

「不止你們，很多人都帶著大大小小的收音機，到處走來走去找頻道。」

「走——來走——去，走——來走——去。」

孩子們又開始鼓噪著唱起歌來，拍打著扶手和長椅。雖然難聽，不過真虧他們能唱出節拍。我連隨便唱都不會了。

「那，你們也知道發出『地下電台』的基地台在哪裡嗎？」

「知道啊。」

「不知道。」

「知道啊。」

「到底知不知道啦！」

「知道，也不知道。這不是腦筋急轉彎，因為真的是這樣。」

「帶路的大叔死掉了，港口的老大決定再也不出船到基地台。因為要是被陸府知道會很麻煩。」

原來如此，所以在港口才會有那種視線啊。早知道就把收音機藏起來。

「而且啊，以前還出船的時候，就沒有播了。」

「基地台在那邊。現在是十二月，所以要朝夕陽落下的地方走。不過那裡已經沒人了。」

不管。我跑到駕駛座，跟紅魚說我們朝孩子指的方向走。我馬上回到長椅上，正打定主意眼睛都不要離開海面，伸手要去抓船緣的扶手的時候，船晃了好大一下。

基地台的電波塔和我聽絲莉吉說的那晚在心裡描繪的有點像，彎彎曲曲地指向天空。船頭觸碰到閃亮亮的白色基座停下來，我們都下了船。孩子們大概是被天線的建築嚇到了，都變得很安份。

播放室在閃亮亮的白色基座裡。一敲門，就有一個男人從裡面出來。他戴著獨角仙似的黑色太陽眼鏡，咖啡色的劉海在海風中微微飄動。原來孩子們是騙人的。廣播間裡還有一個身穿藍色連身洋裝、高個子長頭髮很漂亮的女人，和一個全身黑的微胖男人。他說他們三個人一起做音樂，從這裡播放。男人給了孩子們彩虹色的糖果，漂亮的女人跟紅魚說話讓他很緊張。我問，能不能讓我們聽音樂？於是三人微笑著，開始演奏。唱歌的是女人。

曾經的時代 曾經下過的雪 自天空翩然而落 雪白了世界

是枯雅枯雅的詩。原來配了節拍是這種感覺啊。我正為產生新的音樂的三人陶醉時，女人叫了我們，要我們一起唱。

曾經的地方 曾經見過的人 自陸地四散而為天空 世界無盡

詩是這樣的嗎？好像不太對。不過這些人怎麼知道枯雅枯雅的詩的？不止這樣，他們三個，甚至連紅魚都唱得那麼愉快，我卻越來越痛苦。喘不過氣。

我們不敢說 不敢說不是這裡 不敢吶喊鎖有鑰匙

我喊不出來。

手臂一陣刺痛，我睜開眼。可是什麼都看不見！嘴裡好鹹好痛苦。這是什麼？簡直像沉沒在混濁的綠色果凍裡。是水。海！

溺水。我溺水了。

上面是哪邊？掙扎中手上的疼痛消失了。我沒氣了。要找到光，快，快點。

誰來救救我！

這時候，有個東西撲通一聲發出泡泡掉下來。是一個流線型的黑影。是魚嗎？不，那是我解開釣線的時候看過好幾次的、紅魚的釣魚工具。

我不顧一切地，拚命睜開被海水刺痛的眼睛，筆直去追那個往底下沉的影子，游過去，抓住。一抓到便有一股力氣用力拉我。我想要空氣，我想呼吸。也許已經不行了。但我死也不放手。

來到海面時，這個世界的一切都好美。明明閉著眼睛，但就像破繭而出般明確。我掙扎著，喘著，想儘快讓氧氣進到肺裡，想把水吐出來又想吸氣，整個亂七八糟，但我還是覺得世界好美。

被釣起來的魚也是這種心情嗎？被釣線拉著靠近船後，一隻熟悉的手伸過來，我抓住那隻手。孩子們七嘴八舌的聲音從上面傳來。我好不容易被撈上船，把濕淋淋變得沉重不堪的身體癱在乾爽溫暖的船上。

「要命，真的好險。我覺得我表現得超棒的有沒有？」

拿著一支看起來連鮪魚都釣得起來的釣竿，背對著太陽的紅魚俯視著我笑了。我想說是啊，卻發不出聲音。

剛才，船朝基地台的方向調頭時，大大晃了一下，我就被拋進海裡了。而且，被海包圍的同時我睡著了。就像昨天紅魚說的，我睡著的頻率變高了——我想，應該是在海邊走很久的關係。在那種狀態下潛進海裡，可能就像一頭栽進搖籃裡吧。

幸好，紅魚帶了能釣重量級巨魚的釣竿和捲線器。他看我沉在海裡一直沒浮起來，立刻裝了鉛錘拋下去。把船&小孩，以及溺水的我放在天秤兩邊衡量，能夠大膽做出自己不要跳海救人的判斷，很有紅魚的風格。第一拋釣鉤刺中我的手臂很痛，但多虧這一刺把我刺醒。

我身上裹著浴巾，在海風裡發著抖，仍朝著這個時期夕陽落下的方位前進。三個孩子照樣敲打著自己做的樂器唱著歌。剛才明明聽起來很難聽的，現在甚至覺得沒什麼不好。

潮騷一直持續著。可是聽著孩子們的歌聲，神奇的是我竟然不想睡。我好奇地豎起耳朵聽接下來會出現什麼旋律，海浪聲便不知不覺消失了。以前紅魚曾說過「專心釣魚的時候，海浪聲就會消失聽不見」，也許也發生在我身上了。搞不好，是因為孩子們在港口，漁夫才不會睡著的。

當西方天空染成朱紅時，我們找到了基地台。那是在一座三分鐘就能環島一周的孤島上。旁邊長了一棵不知名的大樹，樹枝隨著海風搖曳。這裡以前八成是山丘。

鐵塔和夢裡看到的彎彎曲曲截然不同，是陸地上也常見的那種越往上越尖細的三角柱狀，樣子非常普通。很多地方的鋼筋都斷了，紅漆和白漆也開始脫落，但在晴朗的天空下，仍顯得威風凜凜，帥氣十足。

船一橫靠在孤島上，孩子們就率先跳下去，我們也跟著下船。雙腳用力踩，奮力一跳，在潮水打濕的地上著地。留下清晰的腳印，我不禁笑出來。

「怎麼了？」

「沒事……以前在載具裡看過這種照片。叫路易……嗎，還是阿姆什麼的人的腳印。」

「路易？名字跟姆伊很像嘛。」

「不對，可能是尼爾才對。」

「快點過來啦！」

聽到呼聲一回頭，孩子們帶著泥水的腳印斑斑點點連向基地台。雖然雜草叢生，但一定有人在這裡走過無數次，形成了被踩平的路徑。

鐵塔底下有一個比陸地民房還小的簡陋水泥做的箱子，孩子們說這裡就是廣播間。

門一開就塵埃四起，在昏暗的室內閃閃發亮。裡面一個人都沒有。架上有擱置的檔案，桌上有空的咖啡杯，螞蟻在杯緣爬。沒吃完的餅乾從袋子裡探出頭來，附滾輪的椅子維持著從桌子往後拉開的狀態，停留在有人站起來的那個瞬間。雖然沒有人，卻讓我覺得好像隨時會有人回來，說「好，開始播放吧」。但這樣的事並沒有發生。

「看吧，沒有人吧！」

「已經沒有人在廣播了。」

絲莉吉的學長錄到的那首歌，一定是最後的廣播吧。

我拿起一本檔案看第一頁。是播放紀錄，寫得密密麻麻沒有留半分空隙，像是捨不得寶貴的紙。「地下電台」不是一個人運作的。也不是一直都是同一批人運作的。而是不同的人來到這裡，打開「on air」鍵，對著麥克風演奏。

有播放歌曲的清單。裡面的歌名我一首都沒聽過。〈出租不合理〉、〈kagayaki〉、〈超自然現象No.5〉，完全不懂是什麼意思，也看不出是什麼曲子。

不過，歌曲數目最多是在三年前，曲目和演奏的人都漸減，沒有留下任何紀錄的日子一週、一個月地變長。密密麻麻的播放紀錄漸漸出現空隙，最後只剩下一張白紙。就像孩子們說的，在船停止出航之前就沒有人來，「地下電台」就荒廢了。

從旁邊探頭看的紅魚說：

「怎麼樣？要回去嗎？」

我沒有立刻回答，望著玻璃窗之後懸掛著麥克風的廣播間，慢慢地走。

玻璃窗前有廣播用的機器。有很多的按鈕，有刻度的滑桿，不明的儀表。機器的最上方，隨意擺著破破爛爛的筆記。裡面是以各種不同筆跡書寫的廣播器材的操作方式。

我沿著字滑動手指一條條看過去。以冒汗的手打開開關。機器發出嗡嗡聲動了。就像收音機頭一次啟動時那樣，好像在說「我還沒死」。

「好了，回去吧。總有一天會有人來廣播的。到時候我們再來就好。」

紅魚從後面叫我。我沒回答，而是拜託他「幫我拿一下包包」。

我用影印機把枯雅枯雅的詩印了五份，給難字全部標上注音。一張張拿給一臉好奇的孩子們，然後我彎下腰說：

「你們無論什麼都可以唱成歌對不對？」

「唱歌？那當然。」

「我們可以唱得比海浪更大聲。」

「還會伴奏呢，超熱鬧的。」

「很好。那，你們把這首詩唱成歌。要唱成超熱鬧超酷的歌。」

大家為什麼都不在了呢？為什麼不廣播了呢？因為沒有人聽嗎？因為沒有成就感嗎？因為生病了、受傷了？因為唱不出來了？因為做不出新曲子了？

我不知道。但是我還是想聽新的音樂。我自己不會演奏，聲音會被海浪聲淹沒，也不會寫詩。可是我還是想聽。

孩子們在廣播間裡。我戴上有霉味的耳機，伸出手指，發出信號。孩子們唱歌，我就錄下來。孩子們好幾次都笑出來，要一再重錄，但他們玩不膩。

三個人唱了好多次，帶子不斷轉動。好奇怪的歌。我沒聽過這種怪異的歌。亂糟糟鬧哄哄的，比海浪聲還大還不安定，讓人忍不住想側耳傾聽。我知道詩有了色彩開始流動。

空中有船 海上有飛機 世界已經顛倒 又好吃又難吃 這裡是比夢更神奇的地方

至少，比我沉在海裡時夢到的歌好多了。

錄音完，我設定為重複然後播送，放到電台電波上。把頻率調成托電他們的對講機。要是山上能收到，一定也有別人能收到吧。要是他們還沒找到沒有海浪聲的地方，這首歌總比搖籃曲強。

誰都是 誰都不是 有名字也沒名字 可是好想要 想要一個可以用別針別起來的名字 給這個頭一次看到的顏色

工作完畢，我在鐵塔下的建築物屋頂晃著雙腳，望著海的另一端。第六陸島的山稜隱約可見。收得到嗎？要有人收得到廣播才算達成任務。要是都沒有人聽怎麼辦？

我閉上眼睛深深吐了一口氣，覺得有人爬上梯子——是肩上背著收音機的紅魚。

「來，聽吧。這是你心心念念的『地下電台』。」

說著把收音機遞過來。一打開電源，燈便紅紅地亮起，起死回生。這次是真的起死回生。

喇叭裡傳出的不是雜音，是給枯雅枯雅的詩上了色的、孩子們的歌聲。

而在我們的新的音樂播放完後，一個熟悉的話聲從對講機響起。

PL00099

世上神不多　カミサマはそういない

作者—深綠野分
譯者—劉姿君
編輯—黃煜智
校對—魏秋綢
封面設計—楊珮琪
內文排版—陳姿伃

副總編輯—羅珊珊
總編輯—胡金倫
董事長—趙政岷

出版者—時報文化出版企業股份有限公司
108019台北市和平西路三段二四〇號四樓
發行專線／（02）2306-6842
讀者服務專線／0800-231-705、（02）2304-7103
讀者服務傳真／（02）2304-6858
郵撥／1934-4724 時報文化出版公司
信箱／10899 臺北華江橋郵局第九九信箱

時報悅讀網—www.readingtimes.com.tw
電子郵件信箱—ctliving@readingtimes.com.tw
思潮線臉書—https://www.facebook.com/trendage
法律顧問—理律法律事務所　陳長文律師、李念祖律師
印刷—勁達印刷有限公司
初版一刷—二〇二三年一月六日
定價—新台幣四五〇元
（缺頁或破損的書，請寄回更換）

時報文化出版公司成立於一九七五年，
並於一九九九年股票上櫃公開發行，於二〇〇八年脫離中時集團非屬旺中，
以「尊重智慧與創意的文化事業」為信念。

世上神不多 / 深綠野分著 ; 劉姿君譯 . -- 初版 .
-- 臺北市 : 時報文化出版企業股份有限公司 ,
2023.01
320 面 ; 21*14.8 公分 .
譯自 : カミサマはそういない
ISBN 978-626-353-115-4(平裝)

861.57　　111017354

ISBN 978-626-353-115-4
Printed in Taiwan